FRANKIE RUIZ

VOLVER A NACER

FRANKIE RUIZ

VOLVER A NACER

Robert Téllez

Félix Fojo

Library of Congress Control Number: 2018943013

Título: *Vover a nacer*

Autores: Robert Téllez Moreno / Félix J. Fojo

Edición y Maquetación : Armando Nuviola

Diseño de portada: Armando Nuviola

ISBN 10: 0999870718

ISBN 13: 978-0999870716

www.unosotrosculturalproject.com

infoeditorialunosotros@gmail.com

Made in USA, 2018

Este libro no es una biografía al uso, no es una historia convencional. Es simplemente una mirada desde la recreación ficcional de innumerables personajes con los que alguna vez hemos hablado y rememorado la vida de este ídolo del pueblo que fue Frankie Ruiz.

Gracias por la música, misteriosa forma del tiempo

Jorge Luis Borges

A la memoria de Frankie Ruiz

A Puerto Rico

Vuelvo a nacer...
tantos años vividos perdidos pasaron, pero eso fue ayer,
entre nubes oscuras estuve cautivo más de una vez,
y es que hoy me di cuenta que importante es la vida
y doy gracias a Dios.

Vuelvo a nacer...
hoy comprendo lo errado que estaba, pero eso fue ayer,
cuando anduve perdido por malos caminos una y otra vez
y es que hoy me di cuenta que importante es la vida
y doy gracias a Dios.
Vuelvo a nacer.

Vuelvo a nacer...
cada día que pasa recuerdo el pasado, pero eso fue ayer,
Cuando anduve contigo por malos caminos más de una vez
pero hoy me di cuenta que importante es la vida
y doy gracias a Dios.
Vuelvo a nacer.

Vuelvo a nacer...
cuando nadie creía cuando ya no existía ni esperanza ni fe,
Vuelvo a nacer
fue un milagro divino encontré ya el camino y desperté.
Vuelvo a nacer.[1]

---

1. Ruiz, Frankie. «Vuelvo a nacer». Compositora: Miriam Valentín. *Nacimiento y Recuerdos*. Universal Music Latino, 1998.

Introducción

Han pasado veinte años de la muy temprana desaparición física de Frankie Ruiz, un hombre que con un genuino estilo, carisma, voz calida y dulce, nos dejó un legado con su música. La figura de Frankie surgió en un momento trascendental para la industria musical, justamente en uno de los periodos de mayor dificultad para la promoción de la música salsa. Su influencia musical perdura en muchas generaciones de artistas.

Solo contaba 40 años al morir, pero su vida y obra merecen ser contadas. Sin duda, Frankie fue el primer cantante líder del movimiento de salsa romántica y el inspirador para otras figuras que luego alcanzaron el éxito. Su particular estilo cargado de *swing* y su personalidad arrolladora, lo convirtieron en ese ícono que representa una salsa con letras que enamoran, acopladas espléndidamente mediante arreglos musicales cadenciosos y muy bailables, una fórmula ganadora que hoy sigue dando resultados.

Este libro no es una biografía al uso, no es una historia convencional. Es simplemente una mirada desde la recreación ficcional de innumerables personajes con los que alguna vez hemos hablado y rememorado la vida de este ídolo del pueblo que fue Frankie Ruiz. Para elaborar este modesto homenaje, y sobre todo para respetar la verdad, hemos revisado una gran cantidad de entrevistas, fuentes periodísticas, crónicas de época, videos, grabaciones radiales y discos, que son la manifestación pública de admiración y respeto a la figura del denominado Papá de la Salsa.

También es un homenaje al Puerto Rico querido de Frankie, la bella Isla del Encanto, a sus paisajes, su música y su gente. Al Papá de la salsa, su público, *fans* en muchas partes del mundo, a los músicos, a los compositores, arreglistas y productores, a los manejadores, a su

familia, en fin, a todos aquellos que hicieron posible que un talento tan natural como el del Tártaro de la salsa, pudiera alcanzar el lugar en la historia de la música que merecía.

Es para Frankie, como: Volver a nacer.

Índice

1

Paterson

Créame —me dice el amable dependiente de la Tía Delia Restaurant, la pequeña cafetería y *sandwichera* en la que he entrado para tomarme un cortadito mañanero y preguntar una dirección—, este pueblo, Paterson podría ser perfectamente la capital de un país latinoamericano no muy grande.

Y le creo, porque por lo menos la mitad de los habitantes de esta, un poco ajada ciudad norteña del estado norteamericano de New Jersey, descienden directamente de estos países al sur del Río Grande.

—Pero lo mejor. —Retoma el sonriente camarero—. Es que estamos a una media hora, si el tránsito o la nieve no se atraviesan, de la Babel de Hierro, de la Gran Manzana, como también le llaman a esa urbe monstruosa que lo mismo te hace grande y famoso, que te aplasta sin piedad hasta convertirte en polvo.

—De ahí vengo —le cuento al extrovertido puertorriqueño al que le he cogido el musical acento al vuelo—. Y es verdad que a veces Nueva York asusta un poco, aunque uno termina por acostumbrarse, ¿no le parece?

Me pone la taza con el humeante cortado delante, me acerca un recipiente con una veintena de pequeños sobres que contienen azúcar blanca, morena o artificial, y añade un par de servilletas de papel. Entonces me mira con la seriedad característica de los que se saben dueños de la verdad y me contesta: «Mire, caballero, yo llevo aquí una vida y no tiene usted idea de la cantidad de gente que he visto consumirse en la vorágine sin fin de esa Capital del Mundo, como también le llaman a esa megalópolis que tenemos ahí, al otro lado del río, al alcance de la mano como aquel que dice».

Paso por alto la grandilocuencia del hombre, que no por eso deja de tener mucha razón, y le pido, cambiando el tema, que me indique como llegar al Saint Joseph Regional Medical Center, el complejo hospitalario donde en el año 1958, hace ahora seis décadas justas, nació un niño al que pusieron por nombre José Antonio Ruiz Negrón, un apelativo que no nos dice mucho, pero al que los amantes de la buena música caribeña conocerían después como, el Tártaro de la salsa.

—Pues no tiene pérdida, amigo mío. —Sonríe otra vez y se le ve en la cara la alegría de poder ayudar—. Siga derecho Main Street, que es la siguiente calle, y no se desvíe hasta pasar por debajo de la Autopista 80, la Columbus Highway, la mismita por la que seguramente ha venido desde Nueva York. —Señala con el dedo hacia un lugar hipotético más allá de la pared—, cuando pase el segundo semáforo, dejando atrás el expreso, se va a dar de bruces con el complejo hospitalario. No hay pérdida posible.

—Se lo agradezco de corazón. —Pago y comienzo a despedirme.

—Tómese otro, va por la casa. —Ya lo está preparando sin esperar mi respuesta—, ¿tiene enfermos en la familia, caballero?

—No, no. Estoy recorriendo algunos lugares que me interesan para conocer, investigar, usted sabe..., sobre un artista —lo pienso un poco antes de contestarle—, quizás me decida a escribir algo sobre su vida y... su música.

—Un artista..., ¿qué artista?

—Un cantante de salsa que nació aquí, en Paterson, hace ya muchos años.

—¡De aquí, de Paterson! —Su rostro es una mezcla de sorpresa y alegría a partes iguales—. ¡Ay bendito! ¿No me vaya a decir que es Frankie?

—Sí, él mismo, es Frankie Ruiz.

—¡Pero Frankie no es un artista cualquiera, no, que va! —Señala con orgullo una foto enmarcada del salsero colgada sobre la pared del fondo, junto al menú del día, escrito con tiza en una pizarra de la que no me había percatado.

—¡Frankie, mi estimado caballero, por lo menos para nosotros, los boricuas, no fue uno más, no, no! —dijo educadamente.

—Frankie, que esto le quede claro, caballero, ¡es Dios!

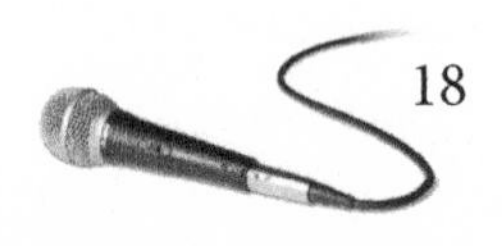

2

La vecina

Aparco fácilmente mi auto, desciendo y camino por una calle como tantas otras de los suburbios de Paterson, o puede que no, que ésta tenga algún toque personal que no he visto aún, que la haga especial. En fin, ya veremos.

Viejas plantas de hilados y tejidos venidas a menos, algunas reconvertidas en almacenes o simplemente abandonadas y tapiadas, un feo edificio gris donde se asientan las oficinas del Departamento de Educación de la ciudad, una gran fábrica de colchones en pleno funcionamiento, vastos estacionamientos de camiones y remolques, pequeños negocios de piezas de repuesto y rodajes, modestas iglesias de diferentes denominaciones, salones de belleza y barberías, todo en uno, varias farmacias comunitarias, una botánica donde comprar remedios para el alma atribulada, se llama La Caridad, por cierto, un par de concesionarios de autos de segunda mano, mini *markets* de comidas étnicas, sobre todo latinas e hindúes, pizzerías para llevar, algunos árboles frondosos, no muchos, un parque de *baseball* improvisado en un descampado, una línea de trenes que la cruza por dos lugares diferentes y casas, muchas casas de dos o tres plantas, portalitos altos y techos de pizarra a dos aguas, casi todas pintadas de blanco o de colores claros.

River Street no es una calle demasiado larga, quizás unas veinticinco o treinta cuadras, pero está cerca, una milla y media o dos como máximo, de las cataratas del Río Passaic, un inesperado parque nacional en el estrecho valle fluvial al que vienen a tomarse fotos, sobre todo en invierno, turistas de todo el mundo, pero al que no le hacen mucho caso los habitantes comunes y corrientes de Paterson, más preocupados por la imperiosa necesidad de ganarse los chavos, como dicen los boricuas, y la supervivencia del día a día, que por la belleza del paisaje nevado.

Me recibe con la misma gentileza y calor que si estuviera en su Mayagüez natal.

—¡Pero, quién se acuerda de eso, mi hijo! —dice sonriente.

Vecina de los Ruiz desde hace décadas, doña Violeta, que nunca, desde que llegó aquí cuando era una nena, se ha movido mucho más allá de River Street, lleva sus ochentaitantas primaveras con una energía que ya quisieran para ellas, las jovencitas que parecen flotar en las nubes de la nada con sus iPhones y esos auriculares blancos nieve que las aíslan del mundo circundante.

—Mire, señor, vea usted. —Hace un alto para que la escuche con más atención—. Frankie debió haberse llamado José Antonio Torresola Ruiz, eso era lo justo, pero Francisco Torresola, del que casi no me acuerdo, y del que menos aún deseo acordarme, se aprovechó de la mamá de Frankie, Hilda Estrella, una chiquilla de quince años, y luego la abandonó como se abandona una camisa vieja. ¿Me comprende?

Han pasado sesenta años justos, una larga vida, y todavía doña Violeta parece indignarse cuando me cuenta la añeja pendencia de los Ruiz, sus vecinos.

—¿Es por eso, doña Violeta, que a Frankie lo inscribieron con los apellidos de los abuelos, o sea, de su señora mamá?

—!Ave María, se cae de la mata! —exclama y me mira como si yo fuera un poco lento de entendederas.

—Claro —susurro.

—Claro, señor, vea usted, por eso Frankie se llamó José Antonio Ruiz Negrón. —Abre las manos con las palmas hacia arriba en gesto de obviedad—, ¿y fue mejor así, no es verdad? —dice y ríe ahora con picardía—. ¿Se imagina lo feo que se hubiera escuchado al oído?: «Frankie Torresola, el Papá de la salsa».

—¿Lo criaron sus abuelos maternos, no?

—Sí, por supuesto, don Emilio, que era un hombre luchador y un buen rasgador del cuatro puertorriqueño, y doña Concepción, que tenía su casa y a sus hijos como cocos; criaron a Frankie y le enseñaron todo lo bueno y todo lo decente que hay que meterle en la cabeza a un nene. —Hace un alto para resollar y quizás para poner

en orden sus ideas—. Pero no podemos menospreciar a Hilda Estrella, que cualquiera se equivoca de hombre, sabe usted, que trabajaba como una bestia de carga en las factorías para ayudar a traer el pan a esa casa.

—Me imagino lo dura que debe haber sido la vida en ese entonces —comento.

—Era dura, señor, muy dura, pero uno se ausentaba de la isla porque allá era mucho peor.

Se le endurecen las facciones con el recuerdo y una sombra fugaz le cruza por los ojos, ya de por sí un poco empañados por los años.

—Y aquí, pues aquí se trataba de encontrar el pan de uno y el pan de los que quedaban por detrás, ¿no le parece? —le digo.

—Sí, es así, y… —Me agarra por el brazo y me detiene, se lleva la mano a su cabeza y exclama—. ¡Pero que loca estoy! No le he invitado ni a un café. Y se levanta con una agilidad que me sorprende.

3

Nació para cantar... y punto

Es grande como un escaparate y amable como un caballero español.

—Adelante, amigo. —Y me señala las altas banquetas del bar frente a la barra de madera oscura y luz mortecina.

Le muestro una fotografía un poco borrosa de un Frankie Ruiz niño con una gorra de pelotero en la cabeza.

—¿Qué si lo conocí? ¡Vaya pregunta!

—Eso me comentaron, que era un buen amigo de él —agrego.

—¡Ja! —Ríe a gusto—. Jugábamos a las escondidas con Frankie y un montón más de nenes en el parque Roberto Clemente, ese que está justo al cruzar la calle de la escuela, tirábamos piedras y hacíamos maldades juntos, mi estimado amigo; comíamos barquillos, cortábamos camino haciendo bulla por el *parking* de la vieja Iglesia Saint Joseph, lo que no les gustaba mucho a los curas ni a los feligreses que la visitaban, sobre todo cuando se celebraban bautizos y casorios de postín. —Me guiña un ojo—, y de vez en cuando *skipeábamos* las clases juntos para irnos al río Passaic, que a Frankie le encantaba, como a mí, y que nos quedaba, como usted debe saber, muy cerca de casa.

—Pero tengo entendido —digo—, que don Emilio Ruiz, el abuelo de Frankie, no era un tipo nada fácil de engañar. —Le señalo al hombretón, veterano condecorado del ejército, al que he invitado a una cerveza en un bar de Market Street, cerca del City Hall de la ciudad, donde trabaja como conserje desde hace ni se sabe cuántos años.

—¡Fácil de engañar! —Vuelve a sonreír, pero con una risa escandalosa—. El viejo era tremendo y tenía, además, siempre encima las recomendaciones constantes de doña Concepción, que era una

abuela recta y de temer. —Se da un trago directamente de una de las botellas que nos acaban de servir.

—Un par de abuelazos, amigo, créame. —Se limpia los labios con el dorso de la mano—. Eran otros tiempos, aunque los muchachos metían la pata de vez en cuando, mire la preñez temprana de Hilda Estrella, por ejemplo. —Pica una aceituna—. Había más comunicación, más respeto por los mayores, las cosas eran más sencillas y la vida era más limitada.

—Sí, lo sé —Pruebo mi cerveza sin muchos deseos—, ¿pero Frankie iba adelante con la escuela y se portaba bien, o no?

—¡Pues claro que sí, amigo! —Se termina de beber el *lager* con un largo trago y me dice que no con gestos de la cabeza, cuando lo invito a otra cerveza—. Y se portaba correctamente en el aula, como un caballerito, tanto con sus compañeros como con las chicas y los maestros —Comienza a ponerse de pie—, Frankie era un tipo dulce que se ganaba la confianza de la gente.

Se levanta del todo, recoge su gorra adornada con tres o cuatro medallas militares y me invita a seguirlo para caminar por delante de la vieja escuela # 25, la de Frankie, la de ellos, que ahora ha crecido en tamaño y se llama Eastside High School.

—Y no olvide, amigo, que don Emilio se pasaba muy a menudo por la escuela y conversaba con los maestros sobre el comportamiento y las notas de Frankie. —Pago y caminamos hacia la puerta de entrada.

—Don Emilio era como un sargento, ¿me comprende?

—Por supuesto, lo comprendo. ¿Pero a Frankie le gustaba estudiar?

—Yo creo que a Frankie lo que le gustaba de verdad era la pelota, el *baseball* —contesta.

—¿Usted cree que hubiera sido bueno en eso?

—Quién sabe, si hubiera sido constante…

Se queda pensativo por un rato, que yo aprovecho para recorrer con la mirada lo que viene siendo el downtown de Paterson, una ciudad que, sorprendentemente, teniendo en cuenta lo cerca que está de Nueva York, o quizás por eso mismo, no tiene edificios de más de ocho o nueve plantas en esas pocas manzanas que conforman el centro.

—¿Quién sabe? —digo para animarle a continuar.

—Pudiera ser, pudiera ser, me dice dubitativo. —Pero me doy cuenta de que quizás se está enfrentando a algo a lo que antes no había prestado atención.

—Pero la música se metió por el medio, ¿no?

—La llevaba en la sangre..., sí, esa es la verdad.

—A la mamá de Frankie le gustaba bailar y cantar, a su tío Edwin también era amante del canto. —asevero—. ¿El abuelo era buen músico, no?

—Tocaba bien el cuatro, pero no es eso a lo que me refiero. —Acelera el paso—. Había que ver como Frankie escuchaba los boleros de la época cuando solo tenía seis o siete años, y eso no es habitual en un niño. —Me pone la mano en el hombro—. Por eso es que le digo que Frankie llevaba la música en la sangre, sabe.

—Sí, por eso creo que la pelota, después de todo, no era lo suyo, por lo menos para alcanzar la gloria —replico.

—Lo sé... pero quién sabe si las malas compañías que se le arrimaron luego como moscas, no imperarían, si Frankie se hubiera dedicado a los deportes.

—Eso nunca lo sabremos, ¿no?

—No, claro que no, pero mire amigo... —Se rasca con desgana los ralos y muy canosos pelos que le quedan a los lados de la cabeza—. Lo que hay es lo que hay, sabe, como decimos nosotros los boricuas, así que no vamos a darle tantas vueltas a lo que pertenece al pasado y ya no tiene zurcido ni remedio, ¿no le parece?

—Nació para cantar... y punto —digo.

—¡Nació para cantar, carajo... y punto! —Termina diciendo

4

MANHATTAN

La vista es inabarcable, sorprendente, espectacular.

Manhattan, desde un banco de los miradores del Frank Sinatra Drive en Hoboken, New Jersey, te aturde, pero no te cansa, te aplasta, pero vuelves, y vuelves. Masoquismo turístico. Amor con morbo o lo que sea. En fin, démonos un trago de nuestros botellines desechables de agua pura de manantial (de eso se jactan los embotelladores y por eso la cobran más cara que la gasolina) y conversemos, intercambiemos impresiones, que para eso nos hemos citado aquí.

Nos estrechamos las manos como si nos conociéramos de siempre, aunque en realidad solo hemos hablado por teléfono una sola vez.

—Usted es muy amable y dice que nos vemos jóvenes, pero mi mujer y yo llevamos más de cuarenta años en este ingrato negocio de la música. —La mira con un cariño que no es de este mundo, o por lo menos no de este errático siglo—. ¿Qué le parece? —me pregunta.

—Pues me sigue pareciendo que son ustedes dos muy jóvenes.

—Deje eso, mi estimado caballero, deje de piropearnos, que podemos hasta creerle. —Se ríe como con cascabeles y contrasta con ella, que es seria y contenida—. Pero vamos a lo nuestro, ¿no cree? Me pone una mano cálida y afectuosa sobre la rodilla.

—Hablemos de ese muchacho, Frankie que, a diferencia de nosotros, gente del montón, nació con un don musical que le regaló el Creador.

—Pero ustedes dos también tienen ese don, me parece —digo, tratando de ser cortés.

Se ríe por lo bajo y le hace una seña con la cabeza a ella, a su pareja de toda la vida.

—Cuando nosotros dos éramos niños —dice ella, con una voz baja y profunda que me estremece involuntariamente—, soñábamos con poder estudiar música y componer.

Parece regresar con su breve, pero sonoro silencio, a aquellos tiempos ya un poco lejanos de los difíciles comienzos.

—Cuando Frankie era un niño, más o menos por la misma época, no sabía nada de música, ni le interesaba mucho estudiarla, pero cantaba con una afinación y una dulzura que ya quisiéramos nosotros. —Aprovecha que está al aire libre y enciende un cigarrillo, algo que se va haciendo cada vez más infrecuente—. Y tocaba, sí señor, tocaba con un ritmo soberbio y una intuición innata, latas de galletas y baldes de agua metálicos como si fueran timbales de verdad. —Exhala el humo blanco y me mira desde lo profundo de sus ojazos de mulata fina—. ¿Se nace con ese don o no se nace, señor?

—Si, por supuesto, pero me parece que el verdadero talento de ese muchacho radicaba en la afinación de su garganta y en la capacidad melódica más que en la habilidad de ejecutar un instrumento —argumento.

—De acuerdo, pero solo en parte —me contesta rápido él.

—¿En parte?

—Si señor, solo en parte. —Le pasa una nube de humo por el rostro—. No se olvide, amigo mío, que los Ruiz eran inmigrantes muy pobres en un medio muy adverso, que la mamá tuvo algunos hijos más, por lo menos dos, lo que incrementaba los gastos de la casa, que los abuelos, día por día, iban envejeciendo y enfermando y que Frankie, un niño de solo once o doce años por entonces, tenía que encontrar rápido una fuente de ingresos dentro de la música o buscarse, a todo correr, otro trabajo. —Me palmea otra vez la rodilla y vuelve a sonreír aunque con un ligero *rictus* de amargura—. Y entre la gente de pocos recursos, como eran los Ruiz, mi querido señor, cuando se comienza a ganar algo de dinero en lo que sea, el arte, en este caso la música, es el gran perdedor.

Tiene razón, cuando uno no ha pasado demasiados trabajos en la vida, cuesta entender esas cosas. Casi no sé qué decir, pero me agarro de lo primero que me viene a la mente.

—¿Es verdad que Tito Puente le regaló a Frankie unos timbales al verlo tocando unas latas en una fiesta popular en Paterson?

—No sé, es posible que eso sea una leyenda urbana, la gente inventa, usted sabe, pero lo que sí es cierto es que el señor Puente lo oyó cantar una vez, no olvide que Frankie era un niño, y se quedó asombrado, con la boca abierta como aquel que dice. —Sonríe—. ¡Y si alguien sabía de afinaciones y ritmos, ese era el señor que nació y vivió justo ahí enfrente, el Tito Puente, no lo dude ni por un minuto!

—La radio fue la escuela de Frankie, según he escuchado.

—Claro, las estaciones latinas, que no eran muchas por entonces, ponían todo el tiempo a Cortijo y su Combo con Ismael Rivera como voz prima, al innovador americanito Willie Colón, Héctor Lavoe, un ponceño del que se podía aprender mucho, Ismael Miranda, el pianista judío americano Larry Harlow, uno de esos fenómenos de la música que no son fáciles de explicar y toda aquella pandilla de la salsa que todavía no se llamaba salsa. —Se ve que goza rememorando aquellos años—. Y aunque usted no lo crea, en 1971, con trece años de edad, Frankie graba su primera placa con la orquesta propiedad del pianista boricua Charlie López, a la que le pusieron La Nueva: un sencillo de 45 rpm con la guaracha «Borínquen» por un lado y el guaguancó «Salsa buena», del propio Frankie por el otro.

—¿De la autoría de Frankie?

—Si, mi amigo, pero creo que con esa pieza se le terminó la creatividad —Se le achinan los ojitos al darme su opinión—. Era más negocio grabar piezas de autores reconocidos y con experiencia que ponerse a inventar, ¿o no?

—Pues sí. ¿Y entonces?

—Pues entonces —me contesta ella—, Frankie, que todavía era un nene, se enamora de Aidita Rosario, otra niña, deja definitivamente los estudios, se muda para Union City, pierde su primer hijo antes de que nazca y se da cuenta de que su mundo no está en estas tierras sino en la isla de sus ancestros. —Prende ella, con mucha clase, otro cigarrillo—. Todavía tontea un poco, pero el horno aquí, en los nuevayores, no estaba para galleticas.

—¿Pero qué edad tiene cuando se va para Puerto Rico? —pregunto.

—Anda cerca o ya tiene dieciocho —lo cuenta él—. Pero ha aprendido todo lo que se podía aprender, que no era mucho, y ha vivido todo lo que se podía vivir por estos lares, mi estimado amigo.

—Creo que hizo bien. —agrego.

—Pues claro que hizo bien. Su suerte estaba en la isla, su Isla del Encanto, a la que nunca había visto, pero por la que se peleaba desde que era un crío.

—Y allá se fue.

—Pues sí señor, allá se fue, y con la frente en alto.

5

La Sultana del Oeste

Si tomamos a San Juan de Puerto Rico, la capital del país, como punto de partida, la ciudad de Mayagüez es uno de los sitios más distantes, por tierra, por mar o por aire, de la pequeña y bella isla.

Pero no me importa y por tanto no lo pienso mucho.

Me pongo al timón de mi pequeño auto rentado en el *lobby* del hotel del aeropuerto Internacional Luis Muñoz Marín, al que he arribado desde New York hace unas pocas horas, salgo con viento fresco del perímetro de la moderna terminal aérea, cruzo el largo y bellísimo puente Teodoro Moscoso, construido íntegramente sobre el resplandeciente lago San José, rumbo al sur, hacia la comunidad universitaria de Rio Piedras. Desde aquí, rodeado de hospitales y centros de estudio, por un viaducto encajonado entre altos muros de concreto, tomo la autopista # 52 que me llevará, cruzando los pueblos de Caguas y Cayey, el de las deliciosas lechoneras, ya en pleno ascenso de la Cordillera Central, espina dorsal del territorio, y por entre las nubes bajas que mojan el parabrisas y el asfalto del camino y bien arriba las maravillosas vistas panorámicas que alcanzan las dos costas, hacia Ponce, la ciudad más altiva y orgullosa de la isla.

Esa ciudad, Ponce, de la que suelen decir los autóctonos de allí, un poco en broma, un poco en serio, de que: «Ponce es Ponce y todo lo demás es estacionamiento». ¿Exagerado? Claro que sí, pero no deja de ser cierto que algo tienen los ponceños.

¡Ah!, y no puedo pasarlo por alto; Ponce es el terruño donde vino al mundo un señor llamado Héctor Juan Pérez Martínez, nombre que no nos aclara nada, pero que se vuelve claro como el agua si decimos que ese era el gran Héctor Lavoe, el cantante de los cantantes, uno de los ídolos del Frankie adolescente. ¿El único ponceño? De eso nada. De Ponce era Cheo Feliciano, el alumno más aventajado del gran Tito Rodríguez. Cada cual tiene sus preferencias, pero cuando escucho «Amada mía», y llevo muchos años oyéndola, hay algo que palpita por dentro y que no puedo explicar bien. Pete *Conde* Rodríguez, el más cubano de los soneros boricuas, el socio fuerte de Celia Cruz, en fin, El Rey. Ismael Quintana a quien llamaban *Pat*, la voz por mucho tiempo de la orquesta del genial pianista Eddie Palmieri, con quien grabó varios álbumes, dos de ellos en compañía del vibrafonista Cal Tjader. Y si seguimos por ahí llegamos a *la plena*, ese periódico cantado que nos contaba la vida mucho antes de *Facebook*, pero voy a parar aquí y atender al camino, no vaya a ser que entre sueño y sueño, me salga de la carretera.

Cruzando Ponce a paso vivo, el que sea fin de semana y la hora temprana me lo facilitan, no olvidemos que en Puerto Rico hay más automóviles que habitantes, me incorporo a la autopista # 2 y dejando atrás Tallaboa, Guayanilla, Yauco, el precioso Valle de Lajas, San Germán y Hormigueros; con el mar azul cobalto a la izquierda y las montañas a la derecha, arribo a Mayagüez en unos cuarenta minutos.

Me toca a mí enfrentarme ahora, y explorar posibles respuestas, a una incógnita que tengo en la cabeza desde hace un tiempo: «si todo el mundo quiere ir a Nueva York a buscar el éxito y la fama que creen merecida, ¿Cómo es que este muchacho, Frankie Ruiz, hizo el camino de la gloria en la dirección inversa?».

Pero primero necesito un buen café, que llevo sin parar dos horas al timón, y orientarme en este hermoso pueblo que se asoma, como un privilegiado balcón de primera fila, al Canal de la Mona, ese estrecho marítimo que separa, o une, como usted prefiera, a Puerto Rico de la República Dominicana. Un estrecho, una vía de agua, con una larga historia de encuentros y desencuentros antillanos que conecta al Océano Atlántico con el Mar Caribe y apunta directamente, para suerte y desgracia de la Isla del Encanto, al estratégico y siempre codiciado Canal de Panamá.

Sigo adelante, ahora con más lentitud debido a los innumerables semáforos y a los vendedores ambulantes —panelas, guineítos, parchas, canoítas, panas en trozos, quenepas, icacos, pomarrosas, pa-

payas, acerolas, mangóes y tantas otras maravillas que debo probar en su momento— por la carretera # 2, que dentro de la zona urbana de Mayagüez se nombra Avenida Eugenio María de Hostos. Miro hacia delante y se me ocurre que en ese lugar tan concurrido que me queda a mano izquierda y cuyo nombre me llama la atención: Plaza Sultana, puedo estirar las piernas, comprar un refrigerio y preguntar, averiguar lo que sea que me venga bien para ir conociendo el pueblo, algo que en los Estados Unidos no es de muy buen ver, pero que, entre boricuas, y lo sé por experiencia, es toda una fiesta por la contagiosa amabilidad y el deseo de colaborar con el recién llegado.

Y entonces caigo en el porqué de Sultana.

Es que a la ciudad de Mayagüez le dicen la Sultana del Oeste, y lo es. Esa luminosidad, ese cielo, un cielo que lo mismo se encapota de pronto con las furiosas y prontas tormentas que se forman en el estrecho que brilla con un sol naranja y deslumbrante que ciega los ojos del forastero no avisado. Y cuidado, que es una ciudad con ritmo y con el movimiento casi siempre tenue, pero perceptible, de los temblores que mueven el suelo, esas sacudidas que vienen de lo profundo de la tierra, o para mejor decir, del mar y de esas trincheras sísmicas que rodean la isla por el norte, el sur y justo por el centro de ese Canal de la Mona que me guiña los ojos desde el horizonte cercano.

Adelanto ansioso hasta la siguiente intersección, giro a la izquierda con cuidado, que los boricuas son rápidos guiando, tomo la calle marginal y en unos segundos estoy entrando al lugar dispuesto a comenzar mi faena, mi investigación, mi brega del día como dicen con tanta gracia los puertorriqueños.

6

Como dos viejos amigos

La suave brisa marina corre desde el oeste. Viene del mar, del Paso de la Mona y sube rolando hacia las cercanas elevaciones de Quemado, Añasco, Las Marías y de ahí a las cumbres, ya más abruptas, de San Sebastián y Lares, hermosos pueblos escondidos en plena cordillera Central.

No es un viento fuerte, pero me refresca, lo agradezco, que el calor y la densa, a veces opresiva humedad de Mayagüez y sus alrededores son algo muy a tener en cuenta, sobre todo para el que, como yo, ha perdido la costumbre de vivir en el Caribe profundo.

El ambiente es tranquilo, relajado, y el olor que viene de los fogones resulta muy atrayente para un tipo con hambre, que es el que les habla.

—Venga amigo, arrímese aquí, que lo voy a invitar a unos bacalaítos que están para chuparse los dedos. —Va sacando, con mucho cuidado, las frituritas de bacalao del hirviente aceite del sartén y las va colocando en un plato de dimensiones bastante amplias, quizás, diría yo, hasta un poco exageradas—. Con una cerveza fría y unos bacalaítos, como estos, acabados de hacer se puede vivir sin daño toda la vida. ¿Qué me dice a eso?

—Pues…, pues… —Me quemo la punta de los dedos y suelto la fritanga encima del plato—, pues que creo que usted tiene muchísima razón.

Soplo la masita de buen pescado frita y la coloco encima de la servilleta de papel para que absorba un poco la abundante grasa que destila la golosina. La cerveza me refresca la boca y me permite en-

tonces devorar de un bocado el bacalaíto, que humea menos ahora, y prepararme para el siguiente. Por los que veo puestos a la candela, y los que tiene listos a un lado, en una bandejita, el festín de los susodichos bacalaítos será para recordar.

—¡Ay bendito! ¿Así que quieres seguir los pasos de Frankie Ruiz? —me dice de pronto. Sin abandonar para nada su brega culinaria.

—Anjá... sí. —Su inesperada pregunta me pone a pensar, independientemente de que mi investigación es más que obvia.

—Creo que vale la pena hurgar un poco en la trayectoria de vida de un personaje muy importante en la música caribeña, y del que no se habla mucho hoy en día —le digo.

Se seca las grasientas manos en el delantal, manipula con agilidad los botones de un radio de baterías colocado encima de un estante y disminuye un poco, no mucho, el volumen del sonido.

—Es verdad lo que usted afirma, ya no se habla tanto de Frankie Ruiz, ni se le escucha en la radio como se debiera, y eso no está bien, es injusto. —Mueve la cabeza de un lado al otro con cierta incredulidad—. Frankie, el Loquito, como le decíamos cariñosamente por acá, no sé si lo sabe, fue uno de los pioneros de aquel movimiento tan lindo que fue, la salsa romántica, y el primer gran solista que la cultivó y la hizo famosa.

—Sí, lo sé, y usted tiene razón. —Mastico otro bacalaíto, debe ser el tercero o el cuarto, y le voy cogiendo el gusto al delicioso manjar—. Todo el mundo, por los menos todos los que sentimos la salsa, agradeceríamos que lo programaran más a menudo en la radio, pero las modas son las modas.

—¡Y los negocios son los negocios! —me contesta veloz—. Mire, amigo, y creo que todo el que conozca la historia de la salsa va a estar de acuerdo conmigo.

Me sirve amable y abundantemente, con la espumadera, cuatro o cinco frituritas echando humo a todo dar.

—Sin Frankie, sabe usted, no la hubieran pegado con tanta prontitud y aceptación un Eddie Santiago, un David Pabón, el viequense, o un Lalo Rodríguez. —Muerde sin mucho entusiasmo una friturita, y eso que dicen que, los buenos cocineros no comen mucho de lo que ellos mismos cocinan y éste parece seguir la vieja tradición—. Y también, no lo dude, Willie González y Gilbertito Santa Rosa le deben lo suyo, en cuanto a abrirse los caminos del éxito.

—Me parece, digo yo, que toda la salsa que vino después de la época de oro de La Fania, le debe mucho a Frankie Ruiz.

—Tal y como lo dice, sí señor. —Se agacha y saca una cerveza helada de una neverita, me retira la que estoy bebiendo, que está tibia y a medias, y me pone la otra delante con la displicencia de un consumado anfitrión—. Pero vamos a lo nuestro, amigo, ¿Cómo puedo ayudarlo en su tarea? —concluye.

—Pues dándome ideas para seguir los pasos del Papá de la salsa. —Hago un alto para darle tiempo a asimilar lo que le sugiero—. Un Frankie Ruiz que llegó, casi adolescente, a esta linda ciudad hace un poco más de cuarenta años y desde aquí saltó al éxito.

—Pues para servirlo estamos, amigo, y lo que me pide no es difícil, al contrario. —Sonríe feliz, orgulloso, como todos los boricuas cuando se sienten útiles—. Pero antes dígame algo, ¿le han gustado los bacalaítos?

—Pues mire usted mismo cuántos me he comido ya. —Señalo el plato vacío—, que si no paro, puede que reviente.

—No es para tanto amigo, no es para tanto, que están hechos con mucho cariño. —Levanta el dedo índice de la mano derecha y me habla como un maestro de escuela—. Comience, amigo mío, por el barrio Balboa, que está ahí mismitico en el centro del pueblo. —Me señala hacia el norte—, siguiendo la # 2. Y luego, cuando camine por sus calles y se relacione con el lugar y sus gentes, pregunte por las Sangrías Fido, un negocio popular que tuvo mucho que ver con los inicios mayagüezanos de Frankie.

—Pues eso haré, y muchas gracias.

—Por nada, hombre, por nada, es un gusto. Y cuando tenga un rato libre, dese una vuelta por acá, que siempre tendremos algo sabroso para compartir.

Nos estrechamos las manos como dos viejos amigos.

7

El regreso a Mayagüez

Según el historiador oficial de la ciudad de Mayagüez, don Federico Cedó Alzamora:

> La barriada de Balboa es un viejo sector urbano en la ribera norte del río Yágüez, que debe su nombre al Corregidor y Capitán don Antonio de Balboa y Blanes, español que fue alcalde de Mayagüez en 1866 y quien, de su propio peculio, donó a la ciudad el puente que comunicó dicha barriada con el barrio del Río y el resto del pueblo, que están en la ribera sur de dicho río.[1]

Y así fue y, en efecto, lo sigue siendo hasta el día de hoy.

Cruzo de sur al norte, y muy lentamente por ese puente que hoy es una continuación de la calle Méndez Vigo a la altura de la vieja farmacia Serrano para convertirse, al dejar el río (que hoy lleva el caudal de un arroyo, pero eso puede variar de acuerdo con las tormentas) detrás, en la calle Balboa, lo que vendría a ser la arteria principal del barrio. A mi derecha, y pegado a la ribera del Yágüez, me topo con el Supermercado Mr. Special Balboa, que ocupa casi completo un bloque y que de hecho es la construcción más grande de esta zona. De aquí en adelante me esperan unas doce o catorce calles, todas bastante parecidas, hacia el frente y unas diez u once, también muy semejantes, hacia los lados y eso es todo el barrio Balboa porque lo que viene luego es la carretera # 106 que sube serpenteando por las lomas hacia Naranjales y Las Marías.

---

1. Cedó Alzamora, Federico. *Los nombres y sobre nombres de Mayagüez y sus barrios*. Publicación Oficial Número 019. Oficina de Publicaciones Históricas. 2011.

Justo en algún punto de este pequeño conjunto de callecitas, casas y negocios que no pasan de un segundo piso nació, hace tres siglos, la ciudad de Mayagüez, conocida también como la Sultana del Oeste o la Ciudad de las Aguas Claras. Sin embargo, el tiempo y el esfuerzo de los hombres hizo crecer y desarrollarse la parte sur y dejó a esta barriada como una especie de cenicienta. ¡Cosas de la vida!

Es aquí, en una casita de mampostería y techo bajo de placa, un poco deteriorado, ubicada a pocos pasos de la vía principal, donde vivía Doña Concepción Negrón, la señora madre de Hilda Estrella Ruiz, la mamá de Frankie. Y es aquí donde se instalan, con las precariedades y estrecheces propias de las familias de muy bajos recursos, Hilda, Frankie y dos de sus hermanos menores.

Trato de imaginar lo que significa el arribo de cuatro personas, de un golpe, a una casa pequeñita y carente de comodidades y recursos. Camino por las calles del barrio Balboa, se puede recorrer a pie, completo, calle por calle, en menos de dos horas, y no puedo evitar que mis pensamientos vuelen a cuarenta años antes, más o menos en la época en que todos ellos llegaron aquí desde los *nuyores* para comenzar una nueva vida.

Una nueva vida que revestía un cierto aire de fracaso porque ya se había intentado el éxito en el norte y no se había logrado. Una nueva vida que no estaba nada clara de cómo debía comenzarse ya que el trabajo no es lo que más abundaba en el Puerto Rico de entonces, ni en el de ahora, y la música popular no era, salvo excepciones, la mejor escalera para subir al cielo de la riqueza.

Pero cuando se toca fondo lo único que queda por hacer, si se tiene sangre en las venas, es poner los pies firmes en el suelo y empujarse hacia arriba. Y eso hizo Hilda Estrella, que con varios hijos a cuestas, no era mujer de rendirse con mucha facilidad.

A tres bloques de la calle Balboa, y bordeando el río, en la calle Dulievre, se encuentra un negocio mayagüezano clásico, la compañía de sangrías, vinos y jugos naturales Fido, fundada por otro luchador que no le hacía ascos al trabajo duro: Wilfredo Aponte Hernández, conocido ya por toda la isla como Fido, el de las sangrías.

Y a verlo se fue Hilda Estrella acompañada por Frankie.

8

Fido

El contenido púrpura del vaso alto y helado que me sirve es delicioso, pero voy con mucho cuidado con el, poquito a poco, despacito, como la famosa canción, porque presiento que, si no tomo precauciones, terminaré cayéndome de la banqueta.

—El viejo Aponte, al que todo el mundo le llamaba Fido, caballero, no inventó la sangría, o la zurra, que es como se le denomina cuando la bebida contiene ron o aguardiente, pero tuvo la sagacidad de variar sus sabores, sobre todo con frutas naturales de la isla, de embotellarla y etiquetarla con arte cuando nadie hacía eso por estos lares.

Su voz es sonora y parece dirigirse a los cinco o seis parroquianos que están bebiendo y conversando, sentados en el salón y a un grupo de turistas, españoles me parecen, que esperan en una esquina del mostrador por sus envases de regalo que contienen cada uno, cuatro botellas de diferentes sabores del licor.

—Fido creó una marca, un *branding* —le digo—, y lo hizo partiendo de un producto que ya existía desde mucho antes. —Levanto el vaso como si brindara por el fundador, el viejo Fido—. Eso fue muy inteligente.

—Exactamente, caballero, y mire si le fue bien con el producto que ya llevamos casi sesenta años en el negocio y aquí nos ve.

Hace un gesto amplio con la mano dirigido hacia todos los rincones del local, un sitio modesto, pero muy limpio y bien arreglado cuya ganancia económica no parece estar tanto aquí, en el frente del relativamente pequeño edificio, como en la distribución por todo Puerto Rico y las islas adyacentes, del producto de la fábrica y embotelladora que se encuentra a sus espaldas.

Apruebo con un movimiento de cabeza mientras doy otro sorbo, cuidadoso, a la perfecta mezcla de vino tinto Rioja español, jugo de naranjas, chinas le llaman los boricuas a este cítrico, algo de zumo de uvas, compota o salsa de manzanas, azúcar refino, *dry cherries* bien picaditas y un toque, que no por muy medido deja de ser contundente, de ron blanco, que en este caso es Don Q, destilado en la refinería de Ponce, pero que también puede ser el Bacardí que se embotella en la planta de la capital.

Atiende solícito las peticiones de una mesa y regresa detrás del mostrador un par de veces mientras voy matando el tiempo observando las diferentes etiquetas de las botellas de sangría en la vitrina y las viejas, y no tanto, fotos de Don Fido y los muchos personajes visitantes que cubren las paredes.

Vuelve entonces para atenderme, prepara con suma habilidad y me sirve una fuente de picaderas (así le dicen por acá a las tapas) compuestas de jamón serrano, lascas de quesos, sandwichitos de mezcla, sorullos de maíz, bolitas de jamonilla, pulpitos y aceitunas, acompañado todo por una pequeña telera de pan sobao. La abundante picadera, que me sirve de almuerzo es bienvenida y me tranquiliza por aquello de que esto que bebo con tanto placer no se me suba demasiado rápido a la cabeza.

—Pero a usted —me espeta intempestivamente después de saludar con una sonrisa a una pareja recién llegada—, caballero, le interesan, además de nuestras sangrías, otras historias, y yo se las voy a contar.

—Pues sí, estoy investigando la historia musical de Frankie Ruiz, un mayagüezano por adopción que de cierta manera comenzó su carrera grande con ustedes.

Sonríe. —le cuento, caballero —baja el diapasón de la voz—, don Fido era un hombre de empresa y relacionarse con la nutrida actividad musical de la isla, sobre todo en el ámbito de las fiestas municipales y patronales que se celebran, a veces, no muchas, en verano y específicamente en las fechas alrededor de las Navidades y el día de los Tres Reyes Magos, resultaba de mucha importancia para promover nuestros productos.

—Ya veo.

—Por otra parte, es justo decir que la señora madre de Frankie Ruiz, Hilda Estrella, aunque con más limitaciones y dificultades, no

se olvide que era una mujer sola, también tenía muy buenas ideas para la promoción de la carrera de su hijo y al mismo tiempo de nuestros productos.

—Una buena simbiosis.

—Sí señor. —Hace un alto para despedir a unos parroquianos que se marchan—. Don Fido la nombró, extraoficialmente, como una especie de coordinadora de actividades sociales de la empresa. Eso le permitió a la señora relacionarse con diferentes grupos musicales de la zona, como las orquestas La Dictadora y La Moderna Vibración, conjuntos que le abrieron el camino a Frankie para darse a conocer regionalmente y comenzar a tener seguidores, *fans*, como le llaman ahora.

Pienso, sin decirlo, en el enorme esfuerzo que tuvo que desplegar Hilda Estrella para comenzar a ver resultados.

—Ya para 1978, con apenas veinte años cumplidos, ya mucha gente de Mayagüez y sus contornos conocían y seguían la labor musical de Frankie Ruiz —atiende el teléfono, evidentemente un pedido y me hace una seña para que tenga un poco de paciencia. Asiento y hago tiempo disfrutando de mi picadera.

—Pero lo mejor estaba por venir —me dice al tiempo que cuelga el teléfono—, y no aquí en Mayagüez, sino en un pueblo de las lomas que está a un poco menos de una hora de camino de aquí, justo por la carretera # 106 hacia arriba.

—¿En Maricao?

—Usted lo ha dicho, caballero, en Maricao.

9

La Solución

La antiquísima leyenda isleña cuenta que la princesa India María traicionó a sus hermanos por el amor de un soldado español, por lo que fue atrozmente atormentada y ejecutada. Esa muerte se llama cao, en lengua taína. De ahí el nombre de Maricao: El tormento y muerte de María.

Pero la leyenda palidece ante el hecho de que existe un árbol endémico de Puerto Rico, las Antillas Menores, Costa Rica, Panamá, el oeste y norte de Sudamérica, utilizado en la construcción de instrumentos de cuerda, torneados, ebanistería fina, muebles, molduras, paredes sencillas e incluso para hacer carbón nombrado árbol doncella o Maricao. Y en Maricao, que está más cerca de la luz del sol debido a la altura, el árbol doncella puede verse en casi cualquier parte.

Maricao es un pueblo pequeño, solo tiene unos 6,500 habitantes, pero cuando la denominada *explosión del café,* esa época de oro a finales del siglo XIX y principios del XX en la que el cultivo del cafeto alcanzó niveles de importancia económica nunca antes vistos, las ricas haciendas, hoy en ruinas o convertidas en paradores y centros turísticos, le dieron a la montañosa región, la pátina de una zona muy rica y floreciente.

Eso es historia, es cierto, pero no quita para que los habitantes de Maricao, aunque no sean muchos, son de los más entusiastas de la isla en la celebración y el goce de sus fiestas municipales y patronales. Dos de esos festejos son los más importantes para los lugareños y visitantes que vienen a disfrutarlos: El Acabe del Café o Festival

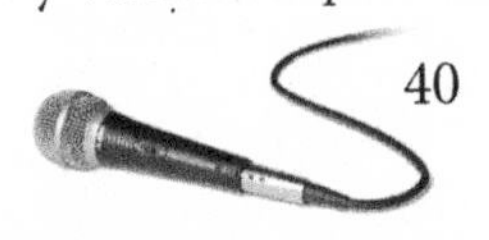

del Acabe del Café, a celebrarse en el mes de febrero, y la fiesta del santo patrón de Maricao, San Juan Bautista, que se celebra el 24 de junio de cada año.

Y sobre esta última es que me interesa saber más, por lo que ni corto ni perezoso tomo la ruta panorámica, una fiesta del paisaje en sí misma, y me dejo caer por el pequeño valle intramontano en el que se asienta Maricao.

El funcionario con el que he contactado me espera puntualmente en la puerta de la alcaldía y me acompaña amablemente hasta la plaza justo enfrente.

—Mi padre era el encargado de los festejos municipales de la alcaldía en esa época… 1979, y yo andaba todo el tiempo para arriba y para abajo con él —me explica el agente encargado del orden en el municipio—. Me acuerdo de esa noche del 24 de junio por la que usted me pregunta, como si hubiera ocurrido ayer.

—Las fiestas patronales de Maricao tienen una bien ganada fama —digo. Y no hago más que confirmar lo que todo el mundo sabe en la isla.

—Son muy buenas, siempre lo han sido —explica con la calma propia de la gente del campo, de los jíbaros legítimos, algo que la modernidad está haciendo desaparecer a pasos agigantados—. Pero esa noche fue especial. La alegría era mucha, aunque corría el licor todo el mundo estaba en paz y la música era particularmente buena.

—Estaba tocando La Solución, tengo entendido, una orquesta del bajista mayagüezano Roberto Rivera, que ya llevaba unos cinco años dando guerra y que se había hecho conocida en todo Puerto Rico.

—Teníamos en cartel varias orquestas y conjuntos de bomba, plena y salsa, pero La Solución era la más conocida de todas —Se acomoda en el banco del parque para rememorar con más comodidad el evento de marras—. Los soneos y las improvisaciones hacían vibrar a los bailadores, aunque el sonido de trombones que había incorporado esa agrupación era bastante nuevo para nosotros, creo que para todo el mundo y ya estaba levantando olas en todo el país, incluso en la capital.

—Rivera tenía experiencia en el *jazz* y el *rock* de los sesenta y estaba innovando con mucho éxito en la música popular —«Siento que he hecho mis deberes»—, le estaba dando espacio a músicos

que buscaban nuevos horizontes, precisamente por eso le puso a su banda: La Solución.

Ambos miramos hacia arriba cuando a lo lejos se siente tronar. Eso es muy común en las montañas.

—Usted tiene razón. —Los relámpagos relumbran en la distancia, pero la tormenta parece dirigirse hacia otra parte—. Pero lo cierto es que esa noche, en el calor y el alboroto de la fiesta, ocurrió algo que cambió la historia.

—¿Fue la solicitud de la mamá de Frankie?

—Sí, así fue —habla con pausas, ordenando muy bien sus recuerdos—. La señora era una mujer de carácter fuerte y estaba decidida a que su hijo encontrara el camino hacia el éxito —asiente para sí mismo—. Ella confiaba en el muchacho y estaba segura de que había un diamante en bruto por descubrir en él.

—¿Por eso habló con Roberto Rivera?

El cielo está oscuro pero el sol comienza a abrirse paso por una rendija entre las nubes. Parece que esta tarde libramos del aguacero.

—Aquí, justo detrás de donde usted y yo estamos sentados, se había instalado la tarima de los músicos. Señala con el dedo hacia el fondo de la amplia explanada. Hilda Estrella, que así se llamaba la mamá de Frankie, se subió al tablado con decisión y le pidió a Rivera una oportunidad para su hijo.

Tengo en la mano la revista con la entrevista a Roberto Rivera donde narra el evento y le leo el párrafo a mí anfitrión:

> *Su mamá lo acompañó a un baile, me lo presentó y me pidió que lo dejara cantar. Yo le dije que no se podía porque el nene no sabía los números de La Solución, pero insistió tanto la señora que lo dejé treparse en los coros, cuando yo lo escuché me gustó mucho el timbre y la tonalidad de su voz, desde ese día se quedó con nosotros.*

—Así mismo ocurrió —afirma—. Yo, que era un chamaco, pero muy alebrestado por entonces, lo presencié todo —Me mira con el rostro de los que no tienen dudas—, y créame que enseguida supe, que había nacido una estrella.

10

Una estrella con futuro

—¡No, no, que va, vender discos ya no es negocio, mi amigo, *internet* y todos los otros inventos acabaron con eso! —Me estrecha la mano con una fuerza inesperada para sus años—. ¡Pero lo fue, no digo yo si lo fue, por muchos, muchos años!

Nació en Cuba, tierra de soneros y boleristas, pero ha echado su vida aquí, en la Isla del Encanto. Me recibe sentado en un balance, lo que los cubanos llaman un sillón, tomando el fresco de la tarde en el portal de su casa de Miramar, ese barrio sanjuanero que me recuerda, a veces, El Vedado de la capital cubana.

—Ya estoy retirado de todo. —No parece complacerle mucho ese retiro—. Así que nada más que puedo contarte cosas de viejo.

—Usted no es tan viejo. —Miento—. ¿Cuénteme de Frankie Ruiz y La Solución?

—Te cuento, chico, pero primero ponte cómodo y vamos a pedirle a mi mujer que nos traiga algo de tomar con unos saladitos. ¿No te parece? —Aunque lleva más de cincuenta años aquí, no ha perdido ese inconfundible acento cubano, ese «chico» que tanta gracia hace a los boricuas.

—Pues no quiero molestar, pero de todas formas viene bien.

—¿Cómo no voy a invitarte en mi casa a tomar algo? —Me mira serio desde su balance de buena madera.

—Ahora escúchame. —Exige con un gesto de respeto, que le preste atención sin interrupción—. Roberto Rivera, el director de La Solución, encuentra a Frankie, o Frankie encuentra a Rivera, como tú prefieras, en el momento justo para los dos; eso fue en el año 1979. La implosión progresiva de la Fania, que era el monstruo dis-

quero creado por Jerry Masucci, un abogado americano que tenía una caja contadora en la cabeza y que lo quería todo para él, estaba dejando un vacío enorme en la promoción de nuevos talentos y en el mercado de discos de la música salsa.

—Muchos no estaban contentos de cómo marchaban las cosas con Masucci.

—¡Muchísimos! Y no te olvides que el mercado musical cubano también estaba fuera del juego en ese momento.

La esposa de mi nuevo amigo, una dama, también cubana, callada y toda sonrisa, aparece por la puerta con una bandeja en las manos cargada de saladitos, vasos, una cubeta de hielo y una botella de *whisky* escocés de 12 años.

—Gracias, mi amor, pon todo eso ahí que nosotros nos servimos —le dice con cariño y ella sonríe, coloca la bandeja en una mesita y se va oronda por donde vino.

—Ya Charlie López, el pianista propietario de La Nueva, y Frankie habían tanteado grabar con Fania mucho antes, ¿no? —pregunto.

—Masucci solo quería monstruos probados, gente de primera línea que hicieran caja rápido, y Charlie y Frankie eran, por ese entonces, todavía unos nenes —Acerca la pequeña mesita donde reposa la bandeja—. Pero escúchame, que aquí es donde aparece el hombre que de verdad nos ayudó y enseñó a todos nosotros, tanto músicos como vendedores de discos. El puertorriqueño don Rafael Viera.

—El propietario de Viera Discos, La Casa del Coleccionista, la tienda con más historia y pedigree musical en Puerto Rico. —Pincho un rollito de jamón y me lo llevo a la boca en lo que mi amigo sirve el hielo y el *whisky*.

—Así es, pero Viera, que está viejito pero vivo, gracias a Dios, era mucho más que eso. —Me entrega con aplomo el vaso frío y cargado—. Viera fue, entre otras cosas, productor y gerente de promoción de Fania y del conglomerado de sellos discográficos de esa compañía que Masucci fue comprando para que no le hicieran sombra, y fue además, no lo olvides, el hombre que estuvo detrás, en buena medida, del éxito de Johnny Pacheco, Willie Colón, Pete el Conde, Cheo Feliciano, el judío americano Larry Harlow, Ismael Miranda, la propia Celia Cruz, Richie Ray, Tito Puente, la Lupe, Eddie Palmieri, Héctor Lavoe, Justo Betancourt, Ray Barretto, Roberto Roena y su Apollo Sound, y mil más que me llevarían la tarde contarte —Se

sirve el mismo, pero muy moderadamente—. Es que estoy diabético, me explica.

—¿Hasta el éxito caribeño de Joan Manuel Serrat, creo que tuvo algo que ver con Viera?

—¡Claro que sí, y también empujó en las sombras al gallego Raphael, y al mayagüezano Wilkins, y a Willie Rosario y el Trio Los Condes y al diablo colorado! —No tengo dudas de que el viejo Viera es como un hermano para él, pero lo que me señala es cierto.

—Mira, *mijo*: «¡Para muestra, un botón!» —me dice con entusiasmo, Viera fue quien nos trajo a Puerto Rico las famosas películas *Our Latin Thing* y *Salsa*, filmes que abarrotaron las salas de cine. Tambié fue el promotor del tremendo concierto, que digo, del inolvidable fiestón de Fania All Stars en la inauguración del Coliseo Roberto Clemente en 1973, aquí en San Juan. Eso está grabado. Pero, mira *socito*, vamos a Frankie.

—Cuando Frankie Ruiz, un muchacho todavía, aparece en escena cantando ya con La Solución, Viera, que sabe mucho más de lo que le enseñaron y que está de vuelta en Puerto Rico, se da cuenta enseguida de que, aunque un poco verde todavía, es una estrella con tremendo futuro, y como hacía siempre con los buenos de verdad, los ayuda. —Me acerca la bandeja de saladitos—. La salsa dura y Fania vienen para abajo, y Frankie, más melodioso y romántico, que los tiempos cambian, viene para arriba. ¿Me comprendes?

—Quizás fue bueno que el éxito se le demorara un poquito, ¿no crees? —digo.

—Sí, pero ni tan siquiera puede decirse que el éxito se le demoró, porque estamos hablando de un muchachón de veintiún años.

—Es cierto, lo que pasa es que estaba cantando desde los doce años.

—Sí, y mira, también fue bueno para Frankie, y para la música, que comenzara su carrera ascendente desde aquí, Puerto Rico, y no en Nueva York; por lo menos en el terreno de la salsa, no se estaba pasando por un buen momento... —Se queda pensativo por un rato—. ¡Dios siempre sabe lo que hace!

—¿Fue Viera entonces, el que produjo ese primer acetato de La Solución con Frankie Ruiz cantando?

—Me parece estar abriendo, ahora mismo, las cajas con los discos de estreno, sentir ese olor característico del disco de vinilo. —Hace un ademan de invitación a degustar algo de la mesa—. La produc-

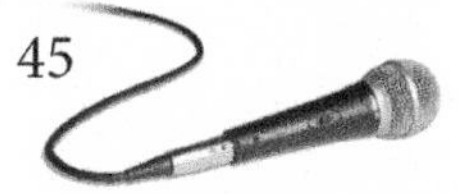

ción se llamó: *Roberto Rivera y La Solución.* Pero ya Frankie, que hasta tres o cuatro meses antes casi nadie lo conocía fuera de Mayagüez, pegaba «De sentimiento me muero» y «La fiesta no es para feos». Aquí se incluyó «Salsa buena», aquella composición de Frankie, la única que se le conoce, que ya había grabado hacía años con Charlie López y con la que en ese tiempo no había pasado nada.

—¿Seis cortes?

—¡Sí señor, la mitad del disco! —Solo ha olido el *whisky*, que está buenísimo, en todo este tiempo—. La otra mitad la cantó Jaime *Meguí* Rivera, el hermano del director de La Solución, pero la dulzura y la afinación de Frankie hicieron que todo el mundo parara las orejas. ¡Y no solo el público!

—¿Quién más? —pregunto con mucha curiosidad

—A fines del año La Solución comenzó a acompañar a Rubén Blades en sus visitas como solista a Puerto Rico —Se ríe con malicia—. ¿Sabes lo que le dijo el panameño Blades a Roberto Rivera cuando oyó cantar a Frankie?

—No.

—Le dijo: «¡Ese muchachito va a llegar lejos, cuídenlo!».

11

La rueda

Hilda Estrella Ruiz, la madre de Frankie, no descansaba ni un minuto en su labor de hormiga a favor de sus hijos. Era, quien lo duda, una de esas madrazas latinoamericanas a las que la vida no les había dado mucha suerte con los hombres, los estudios o el dinero, pero si la fuerza y la decisión, sin importar sacrificios personales para empujar a sus retoños hacia el éxito y mantenerlos, en lo posible, en el camino derecho.

Mientras tanto Frankie, romántico y enamorado, seguía carteándose con Aida Rosario, su amor adolescente, allá en New Jersey. Si tenía otros amores, o no, en la isla, era algo que se guardaba para sí, que eso no era de la competencia de nadie.

Como había que ensayar los temas para el segundo disco de Frankie Ruiz y *Meguí* Rivera con La Solución, Hilda, que alimentaba a su familia con su pequeño negocio de presentaciones de grupos de baile, no dudó en poner a disposición de ellos, sin remuneración, el Nueva York Dancing Club de Cabo Rojo, un local hoy desaparecido, donde ella presentaba su *show*. El New York Dancing tenía fama porque era bastante espacioso, tenía muy buena acústica y estaba ubicado en una zona tranquila y de fácil acceso por la autopista # 100, que une a Mayagüez con Cabo Rojo. Para ayudar a Frankie, Hilda daba lo mejor que estuviera a su alcance, y ya luego se vería.

Cabo Rojo, al suroeste de la isla, justo frente al Canal de La Mona y por tanto a la República Dominicana, por un lado, y al Mar Caribe por el otro, es uno de los municipios más extensos de Puerto Rico. Fundado por españoles y criollos en el siglo XVIII, es una especie de paraíso para el turismo, tanto el extranjero como el nacional. Bellas playas, colinas de ensueño, embarcaderos para todo tipo de embarcaciones de recreo, calas llenas de sol y lunas llenas en las noches, restaurantes típicos, mariscos frescos y bares al pie del mar, pequeños hoteles y paradores, comida exquisita, buenos tragos bien preparados y servidos a conciencia, la típica amabilidad boricua, en fin, uno de esos lugares para perderse y olvidarse por un tiempo de la dura vida diaria y sus avatares.

¡Ah, y con un pirata propio! El legendario pirata isleño Roberto Cofresí y Ramírez de Arellano, muerto con honor e hidalguía por una rara conjunción de soldados españoles y norteamericanos. Un pirata de cine que tiene en Cabo Rojo su leyenda, su propio museo y su monumento. ¿Cuántos pueblos en el mundo tienen algo así?

Roberto Rivera, el director de La Solución, que había demostrado muy buen tino hasta el momento en la selección del repertorio de su agrupación, escogió inicialmente para el nuevo álbum dos piezas que debería interpretar Frankie: «Separemos nuestras vidas» *Separemos nuestras vidas / que es mejor para los dos / no luchemos por seguirla y no vivamos más mentiras / nuestro amor ya fracasó…*, producto de la inspiración del cantante y compositor ponceño Jossie León (José Ramón León Almodóvar), en la que tenía puestas muchas esperanzas. Y una canción del autor y músico veracruzano Víctor Manuel Mato Argumedo titulada «La rueda», que ya había grabado en su momento, el trovador boricua Odilio González, conocido como El jibarito de Lares y considerado un baluarte del pentagrama popular puertorriqueño. Esta canción le gustaba mucho a Hilda Estrella: *Tu eres la rueda / yo soy el camino / pasas encima de mí dando vueltas…* y obviamente también a Rivera, pero eso no quiere decir que vislumbraran ya en ella el enorme éxito que tendría después en la voz de Frankie Ruiz.

El mexicano Mato Argumedo, que además de componer tocaba el requinto y la guitarra acústica, había compuesto éxitos como «Estoy perdido», convertido en un *hit* por Los Tres Ases en 1956 y luego cantado, en diferentes versiones, por más de ochenta intérpretes en varios idiomas. Era uno de los compositores favoritos de Toña la Negra, Lucha Villa, Linda Rondstadt, Pepe Jara, José José, Manolo Muñoz, Javier Solís, el boricua Chucho Avellanet y muchos otros artistas internacionales.

Pero como tantas veces ocurre en el mundo de la canción, «La rueda», en la melodiosa y afinada voz de Frankie Ruiz estaba destinada a convertirse en un éxito, que digo, en un exitazo instantáneo.

Esas estrofas: *Yo que soñaba / con ser en tu vida / el terminar de tus vueltas al mundo / te vi pasar, como nave perdida / de aquí pa 'lla sin agarrar tu rumbo...*, convirtieron a Frankie Ruiz, de la noche a la mañana, no solo en una estrella de la farándula boricua, sino en un referente internacional de la salsa, ganando muchos simpatizantes con ese estilo interpretativo tan original, muy distinto a la propuesta salsera que se hacía desde Nueva York.

Seis meses, que se dice rápido, pero que resulta una eternidad en la vida y la música, estuvo «La rueda» en el primer lugar del *hit parade* de la radio puertorriqueña. ¡Seis meses, increíble! Y no olvidemos que la radio puertorriqueña es también el referente obligado para los circuitos locales latinos de las grandes comunidades boricuas que se extienden por New York, New Jersey, Chicago, Pennsylvania, La Florida y otros lugares del extenso territorio norteamericano.

«La rueda» trajo de la mano, además, dos cosas que son como el oxígeno para el artista: Dinero, tan importante en este caso para que Frankie pudiera, al fin, ayudar de verdad a su abuela Concepción, a su mamá y hermanos, cosa que hizo inmediatamente y sin vacilar. Y reconocimiento internacional, lo que es igual a invitaciones y viajes al exterior. Las presentaciones en el exterior eran el multiplicador de la fama y de las venta de discos.

De Mayagüez al mundo. ¡Qué, qué, de aquí pal cielo! Como el mismo Frankie diría tantas veces.

12

Una tragedia

Esta búsqueda, este viaje a la vida interior de un gran salsero, me va llevando a conocer gente increíble. ¡Cuánto lo disfruto y cuánto me alegra eso!

—¡Mi maestro, mi ídolo! —me dice casi como introducción a nuestro encuentro—, de niño y adolescente, y hasta ahora mismo ¿por qué no? fue Juan Tizol Martínez, el trombonista de Vega Baja, Puerto Rico, uno de los nuestros que dejó su huella en el *jazz*. Por muchos años perteneció a la orquesta del gran Duke Ellington, autor de «Caravan» y «Perdido», dos clásicos que tienen casi ochenta años de andar por el mundo y no pasan de moda. —Acaricia con evidente ternura la cabeza de la perra Labrador color arena que parece dormitar a su lado—. Yo nunca aspiré a llegar tan alto como él, Tizol era un grande irrepetible, pero por lo menos me gané la vida con mi instrumento hasta que me llegó la hora del retiro. ¡Y todavía, para que usted sepa, lo soplo de vez en cuando, sobre todo en las fiestas! —La perra, de ojos grandes y cara seria, pero bondadosa, bosteza a todo dar enseñándome los afilados dientes—. Y aquí me tiene, caballero, pobre pero feliz, para servirlo en lo que pueda.

Primero alabo la mansedumbre y belleza del hermoso animal, entiendo que la adora, y entonces entro en materia.

—Los años ochenta y ochentaiuno del pasado siglo fueron muy buenos por un lado y muy malos por el otro para Frankie Ruiz; usted fue un testigo directo de todo eso ¿no es verdad? —Suspira palmeando suavemente el lomo del chucho.

—Esos dos años fueron como un cachumbambé para Frankie y para todos nosotros. —Frunce los labios y entrecierra los ojos mientras piensa—. Por un lado, a Frankie lo arropan en La Solución, que Roberto Rivera no era bobo y se dio cuenta enseguida de que adquiría una estrella naciente. Esa asociación, lograda por su madre y por su innato talento, le abre el camino del reconocimiento popular en la isla, algo que estaba necesitando para no frustrarse, como le pasa a tanta gente buena que no obtiene el reconocimiento justo, aunque tenga las condiciones. —La perra se estira dejando caer el cuerpo sobre las patas delanteras y entonces vuelve a acostarse—. Casi inmediatamente después viene la grabación de «La rueda» y con la difusión de esa pieza el estrellato, todo muy fácil en apariencias, muy rápido.

—Frankie pasa en seis meses, más o menos, de ser prácticamente un desconocido, o quizás conocido solo en el área de Mayagüez, a convertirse en el cantante más escuchado en las radios de Puerto Rico. Y eso es muy fuerte para un muchacho de veintiún años.

—Usted lo ha dicho, eso es muy fuerte para un nene. —La perra se sienta, con pereza, sobre las patas traseras para que él le rasque la cabeza. Me da la impresión de que está aburrida de nuestra charla, que parece no significar nada para ella—. Y añádale a eso que Frankie comienza a viajar fuera de Puerto Rico con la orquesta.

—¿Usted fue con ellos?

—Pues claro. A Panamá, donde arrasamos en las presentaciones públicas y en la radio con «La rueda», a Perú, a Colombia, ya nos conocían en todos esos lugares. —Se le iluminan los ojos, quizás por los recuerdos—. ¡Mire!, cualquiera diría que para una persona nacida en Nueva Jersey eso no tenía ninguna importancia, pero no es así —habla con la seguridad del que sabe muy bien lo que dice—, Frankie era un muchacho sano de procedencia muy humilde. Piense lo que significa verse acogido en los aeropuertos por promotores, periodistas, chicas enloquecidas y curiosos de todo tipo. —Sacude la cabeza y vuelve a fruncir los labios—. Es un cambio monumental para un joven de veintepocos años que solo ha conocido hasta ese momento, las estrecheces de la vida.

—Y entonces viene lo de su mamá —le digo.

—Es el cachumbambé del que le hablaba antes.

El soberbio animal, que no sale de su lado, abre los ojos y parece atisbar algo que ocurre fuera de nuestro alcance.

—Fue una noche terrible, una de esas noches donde nadie espera que pase nada, y pasa lo peor. Hilda Estrella era muy dependiente de su hijo, como él lo era también de ella, por eso fue a buscarlo a su habitación para que la acompañara al *show* bailable que ella estaba presentando cerca de Ponce. —Se rasca una oreja y hace una breve parada, quizás para darle fuerza, una fuerza que ya tiene de por sí la historia—. Sea porqué estaba cansado o por lo que fuera, Frankie no quiso acompañarla esa noche, entonces ella se llevó a Viti, el hermano que seguía a Frankie. No estaba bebida ni nada de eso, yo se lo aseguro, incluso iban despacio. —Hace un gesto de incredulidad—. Los locos, o borrachos fueron los que venían en dirección contraria por la autopista # 2. Dos autos echando carreras. Iban a las millas de chaflán.

—Según me han contado, el impacto fue devastador —susurro.

—¡Había que ver aquello como yo lo vi un par de horas después, fue una catástrofe! —Choca un puño con el otro en señal de impacto—. Uno de los dos automóviles que venían de frente y a tremenda velocidad, se cambió de carril para pasar al otro, y le pegó al de Hilda... Ella murió instantáneamente, acababa de cumplir treinta y siete años. Viti salió volando por el parabrisas, se salvó nadie sabe cómo, fue un milagro. Pero le quedó la cara marcada para siempre.

—¿Y Frankie?

—¿Qué puedo decirle? Fue un golpe devastador para él. —Parece aún perplejo por algo que en realidad ocurrió hace casi cuarenta años—. Mire, amigo, todo el mundo dice un día que no a una salida cualquiera, a la que no tenemos ganas de ir. Por la razón que sea. Eso nos pasa a todos nosotros, todos los días. ¡Pero quién le quitaba de la cabeza el complejo de culpa y el remordimiento a aquel pobre muchacho! ¡La madre muerta en la flor de la vida, ni había cumplido los cuarenta, el hermano desfigurado, los sueños de ella destrozados! Y no se olvide de que Estrella era el pilar fundamental de ese hogar, ¿me comprende?

—¡Claro que lo comprendo! Me imagino lo terrible que eso tiene que haber sido para Frankie y para el resto de la familia.

—Por aquellos días, que fueron muy negros, créame, todos pensábamos que la carrera de Frankie había sufrido una herida incurable. ¡De hecho no quería ni cantar más nunca en su vida «La rueda», mire usted que cosa!

—Pero todo pasa, ¿no?

—Aparentemente sí, pero solo aparentemente. Frankie retomó poco a poco su vida y su profesión. En definitiva, cantar era su vida, pero…

—¿Pero… qué? —pregunto impaciente.

—Algo, algo se rompió para siempre dentro de Frankie. —Se le aguan los ojos y yo hago como que no me doy cuenta—. Algo de lo que no nos dimos cuenta enseguida, por lo menos yo no lo capté hasta que pasó un tiempo. Pero fue algo que terminaría por acabar con el pobre Frankie mucho antes del tiempo al que tenía derecho en este mundo.

—¿Las drogas?

—El alcohol y las drogas. Hilda Estrella se nos fue antes de tiempo, y le dejó el camino libre a las malas compañías que rondan a todos los triunfadores.

Ambos nos quedamos en silencio.

13

Con Tommy Olivencia y La escuelita

Nunca he visto un complejo deportivo que ostente en sus locales, y los de este están muy bien equipados y cuidados, tantos nombres de músicos. Creía saberlo de antemano, pero cada día que pasa descubro nuevas facetas de esa intrincada y orgullosa red que tejen los boricuas entre sus abundantes glorias deportivas y sus íconos musicales, que son legión.

Cuando caminé unos días atrás las calles del barrio Balboa, estuve a unos metros de él, justo al lado del Parque de los Próceres, sobre la Avenida Pedro Albizu Campos, que desemboca dos bloques más allá, en la carretera # 106, la que sube loma arriba para Maricao. Pero no le vi en ese momento, y me equivoqué, que no tenía importancia con la historia que estoy investigando y viviendo. Ahora sé que sí la tenía y vuelvo expectante al moderno edificio de líneas funcionales y colores claros, donde predomina el blanco, el rosado y el azul mar.

Me refiero, por supuesto, al recientemente remozado Coliseo de Recreación y Deportes de Mayagüez: Germán Vélez Ramírez, *Wilkins*, otro cantautor mayagüezano que representó a Puerto Rico en el II Festival de la Canción Latinoamericana en Nueva York, en el que alcanzó el segundo lugar con «Espérame». Es también compositor de las canciones: «Un Canto a Borinquen» y «De ahí vengo yo». Pero aquí, en La Sultana del Oeste, todos conocen mejor el estadio y anfiteatro por El Palacio. Pues bien, a su concha acústica nombrada, no podía ser de otra forma, Frankie Ruiz, me dirijo ahora.

—Mandy..., Mandy el instructor. ¿Quién no conoce a Mandy en El Palacio? —me dice la muchacha que parece venir, con sus zapati-

llas, su mochila y su botella de agua, del gimnasio o de alguna clase de zumba o yoga—. ¡Busque, busque por las instalaciones, que él se pasa la vida trajinando por aquí!

Y así es. El tal Mandy resulta ser un tipo no muy alto, completamente calvo, bien afeitado, fortachón y de una amabilidad que desarma. Y otra cosa que me deja un poco perplejo, se me antoja ser demasiado joven para la edad que tiene que tener, teniendo en cuenta que, según me han dicho, hizo coros de salsa a principios de los ochenta para casi todas las orquestas famosas de aquel tiempo.

—¡Ah, no ponga esa cara, caballero, ya sé lo que está pensando! A mucha gente le pasa lo mismo, pero es que además de comer sano y hacer ejercicios, resulta además que todos éramos casi niños, o niños del todo en esa época ¿Me entiende?

—Sí, es verdad —le digo sin estar muy convencido—. Pero... ¿y por qué no siguió, si cantar en los coros era la forma lógica de comenzar una carrera por entonces? —pregunto mientras me lleva, casi a rastras, porque desborda energía, a un recorrido por las instalaciones deportivas y culturales del Palacio, las que evidentemente son como su casa.

Mientras me muestra la concha acústica Frankie Ruiz y me explica con detalles técnicos que conoce al dedillo, sus ventajas para la interpretación de cualquier tipo de música, desde la folclórica hasta el *reggaeton*, parece eludir la respuesta o por lo menos tomarse un tiempo para pensarla. Pero de pronto se recuesta a una baranda de acero que protege una escalera hacia las gradas y me dice:

—Pues verá, no seguí en la música por tres razones. La primera, porque me di cuenta enseguida, escuchando de cerca a esos privilegiados de la interpretación, entre ellos Frankie, que yo no podía alcanzar, de ninguna manera esas alturas.

Entrecruza los dedos de las dos manos sobre el vientre cubierto por una camiseta con el logo de los Indios de Mayagüez.

—En segundo lugar, caballero, porque prefería los deportes y enseñar correctamente a los muchachos a practicarlos. Ser un buen instructor de pesas, gimnasia, fútbol o natación, o lo que fuera, era lo mío. ¿Complacido? —Parece haber terminado, aunque algo abruptamente, su respuesta.

—¿Y en tercero? —Enseguida me estoy arrepintiendo de la brusquedad o desfachatez de mi pregunta.

Arranca a caminar y lo sigo apurando el paso.

—Pues ya que insiste… porque había que tener mucho carácter para eludir la mala vida. —Se detiene en medio del pasillo y se vuelve repentinamente hacia mí—. Hacías plata con el canto y te convertías en una especie de dios, las mujeres se te tiraban encima… y entonces a soportar la presión de los ensayos, escoger el repertorio, que a veces ni te gustaba, grabar horas y horas, la promoción incesante en el radio y la televisión, los egos, el tuyo y el de los otros, la avaricia de algunos promotores, las bebederas, las malas noches, la protesta constante de la familia… en fin, que no recurrir a *algo* para aliviarte, ¿tú sabes? que no todo el mundo tenía la fuerza de voluntad y diciplina de un Gilbertito Santa Rosa, para el que, por cierto, también acompañé en los coros.

—Sí, creo saber o por lo menos, me lo imagino ¿Cuénteme un poco más del Frankie Ruiz de esos tiempos?

Una vez dicho lo que dijo, vuelve a ser el tipo relajado y amable de siempre. Me invita de paso a que no lo trate de usted, que eso lo pone viejo. Acepto, no sin dudarlo un poco, pero reciprocando.

—Mire, perdón, mira, después de la muerte de la madre, Frankie se hizo cada vez mejor cantante, más seguro de sí mismo, por lo menos en apariencias, más maduro, más *con esa cosita, con ese truquito* como él mismo decía en las entrevistas, pero al mismo tiempo su personalidad comenzó a cambiar, primero imperceptiblemente y después con más evidencia.

Para ese momento ya Mandy y yo nos hemos sentado en dos butacas del graderío alto, lejos de la gente que va y viene.

—La Solución —continúa explicándome—, que se había fundado en el setentaicuatro, entre otros por Rivera, como ya sabes, y por Esteban Ramírez, al que le decían Tato Rico, un personaje queridísimo en este pueblo por los músicos y por todo el mundo; ya le quedaba estrecha a Frankie, y como era de esperar, muy pronto se produjo el encontronazo de él con Roberto Rivera. —Hace una pausa para frotarse las manos—. Porqué Frankie, que se había cansado de alternar el canto primo y el bongó con Meguí, el hermano de Rivera, quería ser ahora, después del éxito de «La rueda», el mandamás allí, y Rivera, como es lógico, no se lo iba a permitir de ninguna manera. Hasta cierto punto, quiero que me comprendas, eso era normal en ese tiempo. La Fania se estaba viniendo abajo y todos

los buenos querían ocupar ese vacío siendo cantantes solistas. Y de hecho muchos lo hicieron. Era una nueva generación ¿tú sabes? con unas ganas enormes de triunfar por sí mismos, con colmillos largos, como dice la gente.

—Tú pudiste haber sido uno de ellos.

—Quizás sí, pero no quise seguir, ya te expliqué eso. —Se le oscurece un poco el rostro, pero se recupera enseguida—. Lo cierto es que el productor Frank Torres, un tipo muy inteligente y muy conocedor del medio salsero de Puerto Rico, se dio cuenta del problema y le propuso al trompetista Ángel Tomás *Tommy* Olivencia, el propietario de la orquesta que llevaba su nombre, con La Primerísima delante, resolver el problema de todo el mundo.

—¿De todos?

—Sí, de todos, ya verás. Olivencia tenía su orquesta desde los años sesenta, y todo el mundo le decía al conjunto, La Escuelita, porque muchos triunfadores se habían formado en ella. Era como el Gran Combo, una universidad de la salsa. —Quizás no se dé cuenta, pero me está ofreciendo una clase magistral—. Pues Frank Torres le dijo a Tommy Olivencia que probara a Frankie Ruiz. Tommy, de pronto, se había quedado sin cantantes, acuérdate que todo el mundo quería cambiar de grupo o ser solista, como ya te expliqué, y Tommy tenía un contrato inminente con la compañía TH-Rodven para grabar un disco. —Mueve los brazos y con su gesto puedo ver las palmas de sus manos, como para explicarse mejor—. Era el álbum número dieciséis de Tommy, pero, o encontraba un cantante con experiencia o incumplía el contrato, y usted, perdón, tú, sabes lo que eso significa en este medio.

—¿Es así como Frankie se va con Tommy Olivencia? —indago.

—Así mismo, y fue para bien de los dos, creo yo, puesto que Frankie entró a trabajar con gente de tremenda experiencia y conocimiento del mercado, con los mejores si así se puede decir, y Tommy Olivencia se hizo con un muchacho que tenía el don de pegar canciones, que ese era Frankie.

—Ese álbum fue…

—Se llamó *Triángulo de Triunfo*. —Se me adelanta—. Yo estoy en los coros, si le pones atención a lo mejor hasta me detallas, pero deja eso, olvídalo, que no es importante. —Hace el gesto clásico de «olvida eso» con la mano derecha—. Y ahí es donde Frankie canta

«Cosas nativas», «Primero fui yo», «La suplicante», «Fantasía de un carpintero», «Luna lunera», «Misteriosa mujer», que la canta junto con Carlos Alexis, y el exitazo de Jorge Ayala «Mujeres como tú»: *Qué forma rara tienes tú de agradecer / los sacrificios que he pasado por querer / darte la vida que soñaste en tu niñez / principiante que en tu novela quise ser*... —Canta la estrofa con tremenda afinación y entonces se le sonroja la cara—. ¡Oye, olvida eso, okey!

Ahora el que mueve la cabeza con incredulidad soy yo.

—Creo que llegó la hora de irme —alego y me levanto. Le tiendo la mano—. No tienes idea de cuánto me has ayudado a comprender aquellos tiempos y la evolución de Frankie, te lo agradezco de corazón.

—No tienes nada que agradecerme, ha sido un placer. —Me estrecha con energía la mano que le tiendo—. Vuelve por acá, que esta es tu casa, pero mira... —Y se sonríe con malicia—. La próxima vez vamos a hablar de deportes, *okay*, que eso es lo que me hace feliz.

—Pues de deportes conversaremos —contesto y me voy, no sé bien por qué, con el corazón un poco apretado.

14

Triángulo de Triunfo

Leo el papel que tengo en la mano, dice:

Vive en la calle Peral del barrio Barcelona, a un par de cuadras de la Plaza de Colón y a tres de la Catedral de Nuestra Señora de la Candelaria, en el centro de Mayagüez. Y todos en el pueblo la llaman Justa.

¿Qué más debo preguntar?

Pone los brazos en jarras y ríe con ganas. —Pues nada más, caballero, que esa soy yo, la misma que viste y calza.

Así me encuentro con Justa, una de las bailarinas que trabajó por un tiempo en los *shows* que organizaba Hilda, la mamá de Frankie, y después de la trágica muerte de ésta, aunque dejó el baile para siempre, continuó siendo, que los amigos son para eso, un paño de lágrimas para la familia.

—Me gustaba mucho el baile, ¿sabe usted? —Tengo ante mí una señora que ya pasa los sesenta, un poquito pasada de peso, pero todavía de muy buen ver, que carga, para su bien y el de los demás, con esa serenidad que da el haberlo visto casi todo o todo lo que hay que ver en la vida—. Pero enseguida me enamoré, usted se imagina como son esas cosas, y me dediqué a mi marido, que gracias a Dios me salió de oro, y a los hijos, que también son nenes muy derechitos. —Se mueve por la sala de su diminuta casa como una reina en su castillo—. Y también, que para eso éramos buenas amigas, un tantito a los hijos de Hilda Estrella —contesta una llamada del celular y pelea un poquito, no demasiado, debe ser con un nieto, por la tardanza en traer algo al hogar. Entonces, haciéndose pasar por enojada, cuelga.

—Tiene usted una casa muy agradable y bonita. —Y es verdad lo que digo, aunque lo haga para halagarla.

—Ah, gracias, es usted muy amable. Vivimos aquí, esta era la casa de mis padres, hace más de cincuenta años. —Trastea entonces en la cocina, que está muy cerca de la sala, y presumo que ha puesto a hacer café y me comenta desde allí—. En esta calle vivían los Rivera, gente humilde, ¿sabe usted? El viejo Mon, el padre, que se llamaba Monserrate, era un simple empleado de mantenimiento del Colegio de Agricultura y Artes Mecánicas de Mayagüez, al que muchos hoy en día confunden con el hijo, y luego ese hijo, Efraín Rivera Castillo, al que conocí de niña, y al que también le llamaban Mon, o Moncito, que se metió la plena en el corazón gracias a su padre y que se murió del hígado, como Frankie Ruiz, a fines de los setenta. Era el músico más famoso de aquí, de Mayagüez, aunque estuvo mucho tiempo bregando y luchando por lo nuyores.

—Fue el que le puso trombones a la plena, ¿no? —lo digo para poner una y no parecer tarado—. Pero no estoy del todo seguro.

—Ah, ya veo, usted es de esos profesores de la universidad, musicólogo o algo parecido. —Su sonrisa es como de cascabeles.

—Pues sí, todo el mundo sabe que de Moncito, de Mon Rivera vienen los trombones pleneros que luego hicieron famosa a La Perfecta de Eddie Palmieri y a Willie Colón. Y también a Roberto Rivera, el que le dio la mano a Frankie Ruiz, y a todos los demás. —El olor del café recién hecho, sabroso, ya se siente en el aire—. Hasta los dominicanos han copiado a Mon Rivera, pero bueno, para eso es la música, ¿no?, para que la gente la disfrute y la repita.

—Así es. —No sé por qué, hablando con esta mujer, me siento un poco tonto—. ¿Justa, por qué no me cuenta un poco de los años de Frankie cuando el *junte* con la orquesta de Tommy Olivencia?

—Con mil amores, que de Frankie yo lo sé casi todo, que todo, lo que se dice todo, no lo sabía ni él mismo. —Tiene una seguridad en sí misma que me corta las palabras—. Eso fue, si mal no recuerdo, del 81 al 84. —Sirve un buen café puertorriqueño y lo trae en una bandejita de plata que brilla como un sol.

—¡Oígame, usted es bastante preguntón, ¿lo sabe? —Se carcajea como una muchachita—. Pero sus buenas razones debe de tener, digo yo, ¿no? —Me sonrío y la dejo pasar. ¡Qué remedio!

—Mire, primero vino el álbum *Triángulo de Triunfo,* del que me parece ya le han comentado antes. Eso terminó de convertir a Frankie en el cantante más aclamado de Puerto Rico y de un montón de lugares más. —Se da un manotazo en la frente al darse cuenta de que no ha traído agua fría—. Pero como dicen por ahí, la procesión iba por dentro. Yo creo, es mi opinión, de que nunca se repuso del todo de la muerte de su madre... y entonces vino lo otro.

—¿Lo otro?

Me sirve un vaso de agua helada y me da en la mano una servilleta de hilo bordada que parece nueva, pero debe tener muchos años. Si esta mujer hubiera sido criada en Cambridge, rodeada de mayordomos y choferes, no lo haría mejor.

—Frankie dejó en New Jersey, cuando vino para acá, una muchacha con la que había tenido un hijo que no se logró. Una nena de colegio igual que él. —Prueba su café y parece satisfecha con el resultado—. Aida Rosado se llamaba esa nena, que no es que fuera nada del otro mundo, pero usted sabe que lo que está lejos, que así somos los humanos, se quiere más —me pregunta si está bueno el café y si quiero algo más. Le contesto que no con la cabeza—. Pues bien, a esa mujer, que era como un capricho para él, la mataron allá en los *nuyores* en el año ochenta y dos.

—¡Ohhhh!

—Sí señor, no me pregunte los detalles de esa muerte, porque los desconozco. —No sé si me dice la verdad, pero no voy a preguntarlo—. Aquí se hicieron cábalas y más cábalas, pero lo cierto es que Frankie se cerró a la banda y no quiso que nadie le hablara de eso y se negó rotundamente a contestar preguntas. Frankie era un nene de muy buen carácter, zalamero y de buen corazón, pero a veces se le subía lo de indio que tenemos todos los boricuas. Y cuando decía no, era no.

—Pero algo siempre se filtra, ¿no?

—Señor, señor, lo que pasó, pasó y a veces es mejor dejar las cosas como están. —Asiento con la cabeza, y comprendo de pronto que ese camino está cerrado para mí. Pero entonces ella me sorprende con un comentario críptico.

—Mire, Frankie no era muy ducho en el manejo de las mujeres, nunca lo fue, y quizás él pensaba cosas, desde aquí, que ella ya había dejado de pensar, desde allá, hacía tiempo, ¿me comprende?

—Si, por supuesto, pero tiene que haber sido muy duro para él.

—Si lo fue, nunca lo expresó, por lo menos con palabras. Se metió de lleno en el trabajo de la música. Grabaron otro álbum, y pegó «No que no»

Yo quiero vivir la vida sin preocupaciones / Hoy quiero ser dueño de mis emociones / Y si me siento deprimido, cantaré / y para no sentirme triste, reiré / Haré un mundo de ilusiones donde florezcan perdones.

¿Lo quiere más clarito que eso, señor? Y del mismo disco colocó en el primer lugar, «Como lo hacen», que fue otro éxito enorme, y no solo aquí sino fuera, en las colombias y los panamases. ¡No se olvide que estaba en auge el lío ese del narcotráfico y todo eso!

—Trabajar mucho aturde y eso es bueno para las penas. —Ni sé por qué digo esa tontería, pero parece que hoy no coordino muy bien mis pensamientos.

—¡Y los viajes, imagine usted a ese muchacho de pueblo recibido como un presidente en Perú, que eso queda lejísimo, en Panamá, en Colombia y en Venezuela!

—Pero eso no era malo, Justa.

—¡No, no lo era, pero la moneda tenía otra cara, señor! —Se cubre el rostro con las finas manos acostumbradas a lavar y planchar—. Frankie no solo se aturdía trabajando, y eso... —Me parece que está llorando, no, no me lo parece, está llorando. Es increíble como la gente amaba a Frankie.

—¡Y eso, a largo plazo, fue una pena... —Supira y termina diciendo con una voz cortada—, acabó con él!

15

La cura

—¿Cuénteme de «La cura»?

—¡Hum!, esa canción tiene su historia.

El reputado cronista, que trabaja para ganarse los chavos del diario vivir en la cámara refrigerada de un almacén de alimentos, es según me alertan, caprichoso e hipocondríaco. Pero es también el hombre que más sabe de la vida y milagros de la música puertorriqueña, y hasta de la cubana, que de eso ha escrito extensamente también.

—¡Ni se te ocurra, me oíste, cerrar esa ventana porque padezco de claustrofobia! —Se le contrae el rostro en un *rictus* de pavor incontrolado cuando me acerco para ver el entorno, al par de hojas batientes. Me quedo petrificado en el lugar.

—¡No, no, no se preocupe, Maestro, que yo no muevo un dedo si usted no me lo ordena!

—Es que el frío que paso todos los días en esa desgraciada nevera, me está enfermando el cuerpo y yo creo que hasta el alma. —Se golpea el pecho con un puño y comienza a ponerse un chaquetón diseñado, eso parece, para el Polo Norte. Mejor hubiera sido, creo yo, cerrar la ventana, pero entonces se le dispara al hombre la claustrofobia—. ¿Dónde nos quedamos hace un rato? Ahh…, ya sé, en «La cura». —Cierra casi hasta el cuello el *zipper* del abrigo que se ha puesto y parece relajarse—. Pero mira, antes de hablarte de «La cura» tengo que hacerte dos historias diferentes, aunque relacionadas.

Temo que se vaya por las ramas, que ya me doy cuenta que es impredecible y algo caótico, pero me armo de paciencia.

—Soy todo oídos, Maestro.

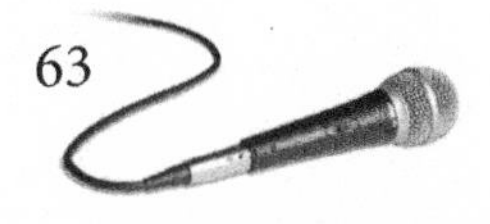

Estornuda dos veces y se suena la nariz sobre un pañuelo enorme y un poco raro color gris cemento.

—Gracias por lo de Maestro, pero lo que soy de verdad es neverista. Bien, seré breve, lo que no es fácil, cuando hablamos del señor Catalino Curet Alonso, al que todo el mundo le llamaba Tite. Por cierto, ese sí era un verdadero Maestro, ¿sabes?

—Un compositor irrepetible. Probablemente el más grande... —le digo, por decir algo de sentido común y lo que logro es que me obligue a hacer silencio y de paso se ponga bravo.

—¡Escucha y calla, que tu mucho parlar, me da miedo que revuelva los microbios y virus que hay en el aire! —Comienza a dar paseítos de un lado al otro mientras diserta.

—¿Has disfrutado alguna vez de?: «Salomé», «Sobre una tumba humilde», «Naborí», «Salí porque salí», «Mi triste problema», «Pa' que afinquen», «Los entierros» y «Anacaona», entre otras. Cantadas por Cheo Feliciano —digo que sí con la cabeza, sin abrir la boca.

—¡Hum!, cuánto me alegro, porque son joyitas. —De verdad que es una enciclopedia andante este hombre—. ¿Has oído entonces? «Barrunto», «Pasé la noche fumando», «Juanito alimaña», «Pa' Colombia», «Periódico de ayer» y «Piraña»; interpretadas por Willie Colón y Héctor Lavoe o por este último sin la orquesta de Willie —asiento en silencio.

—¿Te suena de algo? «Puro teatro» y «La tirana», vocalizadas ambas a su manera, genial, creo yo, por La Lupe

—¡Claro! —Se me va la lengua sin querer, pero me lo perdona—. ¿Sabes del exitazo que pegaron con «Isadora» Celia Cruz y las Estrellas de Fania? ¡Hum! ¿Llegaste a oír alguna vez a Tito Rodríguez cantando «Tiemblas» y «Don fulano»? —vuelvo a asentir—. Pues mira, no te torturo más con mis enumeraciones, todas esas canciones, y unas dos mil más, son de la autoría del más boricua de los boricuas entre los compositores, el hijo predilecto de Guayama, Tite Curet Alonso. —Ahora sí que me está dando una clase—. Y te digo más, sus restos descansan en el Cementerio Santa María Magdalena de Pazzi en el Viejo San Juan, a un costado de La Perla, su tumba tiene bordes dorado en el enchape, ¡pero no me preguntes si son de oro! Lo que sí sé, es que hasta en el correo americano tuvo que trabajar para ganarse el arroz con habichuelas. Con decirte que, hubo un tiempo que unas 600 de las más de 2.000 canciones que compuso

Don Tite, dejaron de escucharse en la radio y televisión de Puerto Rico, por cuenta de un litigio de derechos de autor que duró algo más de trece años. Pasaron seis años de la muerte de este genio de la composición, para que se lograra la liberación de las canciones, tras largas negociaciones entre la editora de Fania, perteneciente a Emusica, y los dos hijos de Curet Alonso, Hilda y Eduardo. ¿Puedes imaginar eso? ¡Un hombre que componía una canción extraordinaria en un viaje en guagua de media hora!, como hizo a petición de Cheo Feliciano con «Mi triste problema», pasándose ocho horas metido en una oficina, archivando papeles para sobrevivir.

—Fíjate, que casualida. El número seis, es asociado a la honestidad y fidelidad. —comento—. Podríamos seguir, entre los que cantaron o tocaron sus creaciones, como Joe Quijano, que fue el primero, Olga Guillot, Ray Barretto, Johnny Pacheco, Andy Montañez, Rubén Blades, Roberto Roena, Adalberto Santiago, Milly Quezada, Tito Puente, Pete el Conde, Rafael Cortijo...

—Y como cien cantantes más. —Me interrumpe—, ¿Cómo tú piensas entonces que Frankie Ruiz no le iba a cantar una canción al Tite?

—Pero dicen que no quería cantar «La cura».

—Verás. —Se acomoda la casaca que parece quedarle grande—. A Frankie le había ido muy bien con la orquesta de Tommy Olivencia. Estamos hablando de tres grabaciones diferentes en menos de tres años y en todas él había pegado éxitos. La última que hizo con Tommy se llamó *Celebrando otro Aniversario*, y no quitaban los números del radio ni de día ni de noche. Y añádele a eso las producciones especiales que se nombraron *La Familia TH*, que emulaba los encuentros de las Estrellas de Fania, y donde Frankie se las ingenió para pegar a lo grande dos piezas: «Que se mueran de envidia» y «Viajera». De ahí en adelante todo lo que le quedaba al muchacho era independizarse, crear su grupo acompañante y convertirse en solista. O creces o te estancas, que así es la música y creo que también la vida.

—Frankie tenía eso de independizarse en la cabeza desde hacía, por lo menos, un par de años, o quizás más. —Me sorprende que diga algo, y no me regañe.

—Tenía eso en la cabeza, claro está, y algunos otros problemas. —Vuelve a estornudar con fuerza—. Había pasado por la muerte de su madre cuatro años antes, luego por el asesinato de la que había sido su mujer en New Jersey, luego le apareció una hija, Yaritza, que

había tenido con una muchacha llamada Maggie, la que, por cierto, le hacía la vida difícil con el problema de la pensión alimenticia.

—De eso no se ha hablado mucho.

—Son cosas de la vida que a cualquiera le pasan. El propio Tommy Olivencia se encargaba a veces de lidiar con los oficiales de orden público mientras que Frankie soneaba y soneaba en las fiestas para que estos últimos se aburrieran y lo dejaran en paz. —Vuelve a dar paseítos por la estancia—. Tú sabes que a todos los hombres, les gustan la brega de hacer hijos, pero a casi ninguno pagar por ellos, ¿no? —Me mira como extrañado y me dice—. Oye, no te invito a una cerveza porque yo no tomo nada de eso hasta las nueve de la noche, y son nada más que las cinco de la tarde, así que me perdonas por no compartir algo contigo. Además, estoy corto este mes para pagar la pensión de mi hijo.

—No se preocupe por eso, Maestro, yo estoy bien así.

—Bueno, es que me gusta ser disciplinado con mis comidas y bebidas, que si no... —Me pide disculpas y va al baño unos minutos, pero sin quitarse la chaqueta. Regresa con paso lento y diciendo:

—Dentro de todo eso, Frankie se enamora de una chica llamada Judith Vázquez, *Judy*, promotora de espectáculos, definitivamente el amor de su vida, su polo a tierra. Se casan, y poco después tienen una hija a la que ponen por nombre Cristina. Todo muy rápido, ¿verdad?

—Así parece.

—En ese contexto tan complicado y tormentoso para Frankie, es que viene, al fin, su independencia de la orquesta de Olivencia y la primera grabación como solista, *Solista... pero no solo*, producida en los estudios V.U. Recordings, ubicados en Carolina, Puerto Rico, propiedad de Vinny Urrutia. Y dentro de ese disco hay un corte que es el éxito «La cura», que fue por donde empezamos esta conversación, antes de que tú quisieras cerrar la ventana.

—¡Oigame, yo no quise cerrar ninguna ventana!

—Da lo mismo. Bueno, escúchame, Frankie le estaba dando el esquinazo a la canción porque «La cura», en el *ambiente*, es sinónimo de droga. Mira esta estrofa de la pieza:

Amargura, señores que a veces me da / la cura resulta más mala que la enfermedad. O esta otra: *Si te dicen que yo me estoy curando es la verdad, / y la cura que yo me estoy buscando es realidad. / Aunque me salga tan cara algo tiene que me ampara / es mejor que tu mentira que me llenaba de ira y nada más.*

—Es muy explícita —confieso.

—Sí, y el temor de Frankie estaba bien fundado porque todo el mundo más o menos sabía que después de la muerte de su mamá, él estaba consumiendo drogas en cantidades que se iban incrementando progresivamente, aunque con altibajos, como suele ocurrir en casi todos estos casos.

—Pero al fin la grabó.

—La grabó y la convirtió en un tremendo éxito. —Vuelve a pontificar—. No podemos olvidar tampoco que la canción es de una factura extraordinaria. Tite Curet, un verdadero filósofo popular, y un maestro de la composición, maneja aquí un contrapunteo entre el empleo de estupefacientes para olvidar una pena, una *cura*, y la necesidad de salir de ese vicio, la verdadera cura. Tienes que escucharla con los oídos bien abiertos y entenderás lo que quiero decirte.

—Y Frankie, con ese disco, además de hacer buen dinero fue el primer solista de salsa en alcanzar el número uno en la lista de la revista norteamericana *Billboard* —agrego.

—¡Ahhh…, pero tú sabes más de lo que yo creía!

16

El papá de la salsa

Una empresa radiofónica importante es como un acuario habilitado con extrañas peceras de cristal y material aislante, colocadas, una tras otra, a ambos lados de pasillos de techo bajo, no muy anchos y relativamente poco iluminados, salvo por los rectángulos de metal y plástico sobre las puertas que nos advierten de si sus ocupantes y los programas que elaboran están saliendo al aire, o no.

Pero esos cubículos atiborrados de micrófonos, cables y casi completamente insonorizados, no contienen agua ni peces, sino diferentes emisoras de radio, lo que en lenguaje coloquial llamamos estaciones radiales, y por supuesto, personas. Generalmente son muchachos jóvenes, a veces un poco conversadores y posmodernos, casi nunca iguales a como nos los imaginamos por sus voces, pero siempre con las orejas cubiertas por grandes audífonos de goma y rostros que reflejan la felicidad que les brinda el placer de lo que hacen: comunicarse con un público cautivo y fiel que los siguen las veinte cuatro horas, como si de estrellas del deporte se trataran.

Y lo que hacen con tanto gusto y profesionalismo, ni que decirlo, es radio, buena radio, que a despecho de los años y de los malos augurios sobre su caducidad tantas veces pronosticados y nunca cumplidos, sigue siendo el medio que nos relaciona, a casi todos nosotros con los avatares del tiempo atmosférico, las noticias de última hora, las atrayentes ventas consumistas que nos aturden en avalancha y, sobre todo, con la nueva y buena música que surge casi cada día y sus creadores.

No es mi primera visita a unos estudios radiofónicos, y probablemente no será la última, pero siempre vuelven a sorprenderme.

Dejo mi auto en un estacionamiento ocupado también por un par de grandes antenas parabólicas de color blanco orientadas hacia algún lugar distante en el cielo, pregunto en recepción por el director y con amabilidad me acompañan, por el dédalo de corredores hasta una anodina puerta de madera, casi al final del edificio. Toco con los nudillos lo más suave que puedo, me preocupa estorbar con mis sonidos de profano, e inmediatamente me abre.

—Pasa, te estaba esperando desde hace un buen rato. —Me recibe en una oficina pequeña y atiborrada de papeles, descoloridas fotos de cantantes ochenteros, viejas cintas magnetofónicas y plaquetas de premios ganados a pulso, al dios de las audiencias, su señoría el *rating*. Es un hombre ocupado y por eso agradezco el tiempo que me va a dedicar para contestar mis preguntas.

—Trata de hacerte un lugarcito en este desorden y siéntate. —Me estrecha la mano efusivamente—. Ya no salgo al aire como en los buenos tiempos y no tienes idea de lo mucho que extraño eso desde que vivo entre papeles, recibos y análisis de mercado.

—Para eso eres el jefe ahora, ¿no?

—Te lo cambio cuando quieras y por lo que tú quieras. —Sonríe y me parece ver un poco de irónica tristeza en su gesto—. Pero en fin, vamos a lo nuestro.

—Pues vamos. —Abro mi tableta y reviso unas pocas notas—. Solo quiero —le digo—, redondear algunos hechos en la vida de Frankie Ruiz, una vida que voy conociendo casi como si fuera la mía. Tú fuiste el que lo lanzaste inicialmente por la radio en Puerto Rico, ¿no?

—El que viste y calza. —Señala hacia una fotografía de un muy juvenil y sonriente Frankie metido junto a mi anfitrión, en una de las susodichas peceras—. Pero no fue un regalo, no, en ese momento ¡Frankie era el mejor, que no te quepan dudas de eso!

—No lo dudo. Pero cuéntame, que quiero ir de nuevo a las raíces, ¿cómo se conocieron Frankie y el pianista Charlie López?

—Frankie se enteró por el boca a boca que había una audición en el Mina Bar de Unión City porque una orquesta de jóvenes requería de un bongosero. Resultó que ese grupo era la Orquesta La Nueva de Charlie López. Pero mira lo que son las cosas —me dice—, cu-

riosamente faltó ese día el cantante al ensayo, y Frankie se ofreció para resolver el asunto. Le dieron entonces la oportunidad de cantar un tema muy conocido por entonces, que fue «Muñeca», que había popularizado en 1965 la orquesta La Perfecta del pianista Eddie Palmieri con la voz prima del boricua Ismael Quintana. ¡Mira, fue tan exacta la afinación de Frankie que, en ese mismo momento se quedó con el puesto de cantante de la Orquesta la Nueva!

—Frankie llevaba eso en la sangre. ¿Por qué la Orquesta la Nueva no logró el sueño de grabar con una compañía disquera de renombre?

Hace un gesto de impotencia con las manos.

—Aquellos jóvenes estaban obsesionados con el proyecto que estaban desarrollando. Ensayaban y tocaban todo el tiempo, no dejaban de buscar una oportunidad. Charlie López y Frankie tocaron todas las puertas que se les pusieron por delante para lograr una oportunidad con empresas que pudieran financiar su primera grabación discográfica. Por tratar, trataron hasta con la Fania, pero este monopolio, que eso era la Fania, no les dio la oportunidad. Era la época del esplendor de la Fania y pasaron cinco años de mucho trabajo mal pagado y de angustiosa espera por lo que tan solo quedó de ese periodo el sencillo de 45 rpm publicado en 1971. ¡Pero mira, dicen que lo que pasa conviene! ¿Tú no crees?

—Si, a veces sí, y quizás esta vez fue mejor para él. —Me encojo de hombros y sigo con mi cuestionario.

—Estando Frankie ya viviendo en Puerto Rico. ¿Cómo la orquesta La Solución pone sus ojos en Frankie Ruiz?

—Fue gracias a la insistencia de la mamá de Frankie, que confiaba como nadie en la calidad vocal de su hijo. Fue en una presentación de esta orquesta en las fiestas patronales de Maricao. Ella habló con Roberto Rivera antes de subir a la tarima.

Llama por el interfono para que nos traigan un poco de café.

—Roberto le explicó que el muchacho no se sabía el repertorio de la orquesta, pero ante la insistencia de ella, terminó por permitirle treparse a la tarima a hacer los coros. ¡El resto es historia, desde esa noche Jaime *Megui* Rivera, el hermano de Roberto, y Frankie Ruiz quedaron como los dos cantantes de plantilla de La Solución!

—¿Cuál fue el primer gran éxito musical de Frankie con La Solución? —le pregunto.

—No hay dudas en eso, fue «La rueda». La voz de Frankie, y sé muy bien lo que te digo, llegó a la radio con bastante fuerza. —Tocan la puerta y nos traen unos vasitos plásticos con un café bastante bueno, digamos que pasable—. Tuvo que haber sido muy emocionante para Frankie, y ¿por qué no?, para su madre también. No solo pegó en Puerto Rico, sino que la canción fue un *hit* en toda Latinoamérica, y con ella vinieron los viajes al exterior. La Solución se presentó con ovaciones en Panamá en 1978 y en 1980 en La Feria del Hogar de Lima, capital del Perú. Para esas fechas, además de *Megui* y de Frankie Ruiz, La solución llevaba también como cantante y coro a Papo Sánchez.

Termino el café, por lo menos estaba caliente, y continuo.

—¿Cómo se vincula Frankie a La Primerísima de Tommy Olivencia?

—Te cuento. Roberto Rivera y Frankie acuerdan separarse amistosamente de la compañía TH, con la que habían recaudado buenos dividendos, sobre todo a cuenta de «La rueda». El aval de rompimiento llegó un poco tarde y la caratula del siguiente álbum de La Solución, donde *Megui* Rivera canta el éxito «Una canita al aire», no alcanzó a arreglarse, y como ya se había hecho la fotografía para la portada, allí aparece Frankie Ruiz. Eso ha traído confusiones entre los salseros, que piensan que es Frankie el que canta ese comentado tema, pero no es así. Y en cuanto a Tommy, pues éste estaba buscando un cantante de puntería para lanzar su nuevo álbum, al tiempo que Frankie buscaba una nueva orquesta. Y fue Frank Torres, como seguramente tu sabes, quien sugirió el nombre de Frankie. Dicho y hecho.

—¿La orquesta de Tommy Olivencia ayudó a Frankie a lograr, me parece, un favoritismo aun mayor dentro del publico salsero?

—Sin dudas. —Me señala algunas placas, recortes y trofeos de la época que tiene colocados en las paredes o puestos sobre un librero bastante desordenado que está detrás de su mesa de trabajo—. La industria de la salsa está viviendo un momento clave cuando Frankie se asocia con Olivencia. La salsa estaba comenzando a perder favoritismo en el pueblo ante el auge de la balada y el gusto del público bailador por el merengue. En una palabra, el sonido de la salsa estaba cambiando muy rápidamente. Si bien es verdad que los salseros de la mata, celebraron a un Frankie Ruiz cantando la pieza «Como lo hacen», eso no bastaba. Luego, guiado muy inteligentemente por Olivencia, Frankie fue cautivando a una nueva generación con la

interpretación de canciones como «Lo dudo», originalmente una balada compuesta por Manuel Alejandro y popularizada por la extraordinaria voz del mexicano José José, el llamado Príncipe de la Canción.

Hacemos un alto para que se lleven los vasitos y nos pongan sobre el buró dos botellines de agua mineral.

—La cosa estaba —me dice—, en que aún no había compositores de salsa que escribieran de esa manera, la mayoría hablaban del barrio o el propio baile en sus letras. Pues bien, uno de los primeros que comprendió lo que estaba pasando, el gran cambio que se veía venir, fue Tommy Olivencia, lo que benefició grandemente a Frankie. Luego agrupaciones como El Gran Combo, La Sonora Ponceña o la orquesta de Willie Rosario, también fueron introduciéndose sin perder su típico estilo, en ese sonido de la salsa romántica. ¿Me hago comprender? —me dice, mirándome fijamente.

—Claro que sí. ¿Cómo se produce el lanzamiento como solista de Frankie Ruiz?

—La popularidad que estaba alcanzando Frankie con la orquesta de Olivencia era tanta, que su lanzamiento como solista se hacía inminente, era lo lógico. Su primer álbum en solitario, *Solista... pero no solo*, lo produjo Vinny Urrutia, uno de los mejores productores del momento. En los estudios de Urrutia se hicieron algunos de los mejores álbumes de Bobby Valentín, Marvin Santiago y Andy Montañez. En ese álbum, *Solista... pero no solo*, que podemos llamar histórico, se grabó «La cura». Esa canción reunió, para su bien, tres cosas fundamentales: en primer lugar, la magnífica composición del maestro don *Tite* Curet Alonso, un autor que escribía pensando en lo que mejor se ajustaba a cada cantante en específico, en este caso Frankie. Por cierto, todo el mundo dice del maestro Tite, que fue cartero, pero en realidad desarrolló también una carrera periodística muy prolífica en Radio Universidad de Puerto Rico y en revistas como *Variedades, Estrellas, El mundo, El Reportero* y el periódico *El Vocero*, uno de los más importantes de Puerto Rico todavía hoy en día. En segundo lugar, ayudo a la viveza de la canción el soberbio arreglo del pianista boricua Ángel *Pajay* Torres y, en tercer lugar, por supuesto, la bella y afinada voz de Frankie. Por eso hoy, tantos años después de grabada, «La cura» se sigue considerando una pieza clásica del repertorio salsero. Seguro que te han comentado, y es ver-

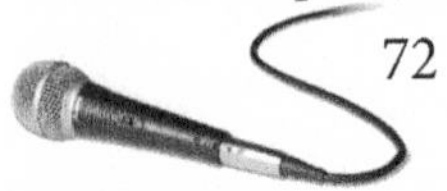

dad, que Frankie no quería grabar esa canción e inventaba todo el tiempo excusas para no hacerlo. Irónicamente fue el corte disquero que le abrió las puertas del estrellato en calidad de cantante solista, es más, lo llevó a ser el primer artista solista en alcanzar el número uno en la lista de la revista norteamericana *Billboard* y además en uno de los discos más vendidos de los años ochenta. ¡Un exitazo en toda regla!

—¿Pero en ese disco también aparece «Esta cobardía»?

—Por supuesto. Frankie había entendido con Olivencia, que la salsa estaba renovándose y que había que apuntar con fuerza hacia lo romántico. «Esta cobardía» había sido popularizada un poco antes en forma de balada por el cantante español Antonio José Cortes Pantoja, conocido por el apelativo del Chiquetete. Era un cantante flamenco, primo hermano de las cantantes Isabel Pantoja y Sylvia Pantoja, dos grandes de la interpretación. Para que Frankie la interpretara, la canción fue llevada al sonido de la salsa por el acertado arreglo del pianista Mariano Morales, uno de los grandes músicos de la isla que incorpora, brillantemente, elementos del *jazz*, la música afroantillana y la música clásica en sus composiciones. «Esta cobardía» y «La cura» fueron dos títulos que no faltaron en el repertorio popular e internacional de Frankie Ruiz, hasta el final de su vida.

—Pero, ¿quién acompañaba al ahora solista Frankie Ruiz en las presentaciones en vivo, que eran muchas y cada vez más solicitadas? —le pregunto y repaso mis notas con una mirada fugaz.

—Las primeras presentaciones de Frankie como líder las hizo acompañado por la Puerto Rican Power, agrupación dirigida por el trompetista Luisito Ayala. Pero a los pocos meses el pianista y productor musical Willie Sotelo fue el encargado de armar la banda acompañante para Frankie y así se convirtió en su orquesta definitiva. El mayagüezano Willie Sotelo, admirado por todos nosotros, fundó a los 19 años, la Willie Sotelo's Music Center. Tocó con orquestas como La Solución, Ismael Miranda y Lalo Rodríguez. Fue director musical de Frankie Ruiz desde 1985 hasta 1992. Posteriormente se desempeñó como ingeniero de grabación de su estudio Fastrack Recording y en el 2006 entró en el Gran Combo de Puerto Rico como pianista sustituto del fundador don Rafael Ithier. Desde el 2010, es el pianista oficial del Gran Combo, y ahí sigue triunfando.

—¿Oye, de donde le viene a Frankie el apelativo del Papá de la Salsa?

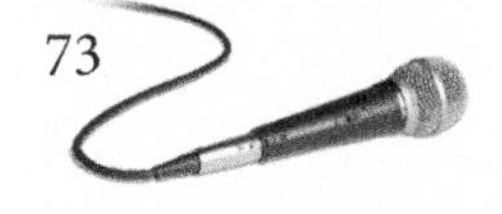

—Ya verás. Frankie Ruiz y su orquesta, dirigida por Willie Sotelo, se presentaron en la última versión del Club El Palladium que hubo en Nueva York, que ya, tengo que decirlo, no era como el de antaño. El gerente del *club,* recurriendo a su creatividad publicitaria, lo anuncio en cartelera como El Papá de la Salsa. A Frankie le gustó mucho la frase y de ahí en adelante, él mismo se hacía llamar de esa manera.

—¿*Fue Solista... pero no solo*, un éxito de ventas?

—Marcó un momento importante en la industria musical latina. Era la primera vez que un álbum de solista salsero recibía un disco de oro por sus ventas. Se vendieron más de un millón de copias solo en los Estados Unidos y eso fue muy grande. —El recuerdo de aquellos tiempos que él vivió tan de cerca, le iluminan la mirada—. Años más tarde otro cantante puertorriqueño, cuyo ídolo fue precisamente Frankie Ruiz, superó esa cifra: Jerry Rivera con *Cuenta Conmigo,* ostenta el premio al disco más vendido en la historia de la salsa.

—¿Abrió entonces Frankie con su atrevimiento, el camino para los lanzamientos de nuevos solistas salseros? —le pregunto algo que todos comentan.

—Así es. El éxito que estaba alcanzando Frankie provocó que esa onda de salsa sensual ayudara a gestar nuevas figuras que se lanzaron a la aventura inspirados por él. Fue un precursor en toda regla. En 1986 la compañía TH lanzó la primera producción discográfica de Eddie Santiago; el álbum se llamó *Atrevido y Diferente* y de inmediato llegaron al gusto popular temas como «Tú me quemas», «Nadie mejor que tu», ambas baladas popularizadas primero por el venezolano Luis Ángel y «Que locura enamorarme de ti», de Alejandro Vezzani. Ese mismo año Gilberto Santa Rosa salió de la orquesta de Willie Rosario y se convirtió en solista, con el disco *Good Vibrations* apoyado por la compañía Combo Records.

—¿Por eso las siguientes producciones de Frankie Ruiz siguieron la onda ya bien establecida de la salsa romántica? —Sigo indagando, sin darle tiempo a respiro.

—Desde luego. Frankie, como ya te dije, es el precursor de ese sonido. En 1987 Frankie saca el disco *Voy Pa Encima*, apoyado nuevamente por TH Records. Rápidamente se convierte en un éxito mundial la pieza «Imposible amor», escrita por el cantautor boricua Pedro Arroyo, definitivamente una canción hecha a la medida

de la voz y el estilo de Frankie. También en ese álbum vienen dos exitazos más: «Quiero llenarte», una balada que había grabado ya el cantautor argentino Marcelo Molina, ahora con un arreglo musical del trombonista boricua Carlos *Cuto* Soto y «Desnúdate mujer», con música del genial trompetista y arreglista Tommy Villariny. Este álbum, ¿no sé si lo sabes/ consagro definitivamente a Frankie Ruiz, al extremo de que la revista *Billboard* lo eligió como el artista del año 1987 en la categoría de música tropical.

—¡Subiditas de tono esas dos últimas!

—Para la época sí, por supuesto, aunque nada que ver con las cosas que se dicen hoy en día en las letras del *reguetón*. Pero fíjate, esas canciones, contrariamente a lo que podía pensarse, cayeron muy bien dentro del público femenino, lo que convirtió a Frankie en el salsero que gozó de mayor aceptación en ese segmento del bailador.

—Siempre he oído decir eso.

—Claro. No obstante, como siempre pasa, hubo un pequeño sector muy conservador muy ortodoxo, que lo consideró bastante vulgar y trató de negarle la autenticidad salsera. Pero eso duró muy poco. Lo cierto es que, Frankie fue el salvador que revivió el momento salsero en una época de baja, por las razones que ya te he explicado antes. Fue un gran fenómeno mercantil y todos y cada uno de sus LP' representaron ganancias millonarias, no lo dudes.

—Hermano, no te robo más tiempo, que sé que lo tienes limitado. —Cierro mi tableta, me levanto de la silla y le estrecho la mano—. No tienes idea de lo mucho que me has ayudado a colocar en el contexto correcto la carrera de Frankie.

—Pues aquí estoy para servirte. Hablar de Frankie Ruiz fue revivir viejos y muy buenos tiempos de mi vida. —Se pone de pie también y rodea su escritorio—. ¡Venga un abrazo!

17

Salsipuedes

Tomo la carretera 27 desde el centro de la ciudad de Tallahassee hacia el norte, rumbo a la frontera con el estado de Georgia y en una media hora, todavía dentro del territorio de La Florida, salgo a mi derecha hacia una calle estrecha y no muy larga.

Inmediatamente sigo el caminito asfaltado que denomina un cartel verde, colocado en un poste, 9 Ave. E. (novena avenida este). Dos minutos más guiando muy despacio y he llegado a la casa, o mejor, la granja vivienda del alguacil retirado del que todos me han hablado con tanto respeto y afecto.

—¡De La Habana a Havana! ¡¡¡No puede ser!!! —le comento con legitimo asombro.

Se ríe a carcajadas, a mandíbula batiente, como saben hacer escandalosamente bien los cubanos de raíz.

—Pues sí, de La Habana a Havana, el Havana desconocido para muchos cubanos de La Florida, este pueblo que no llega ni a dos mil habitantes, donde llevo viviendo en esta finquita ya va para cuarenta años.

Es un negro imponente, alto, algo más de seis pies de estatura, pelo ensortijado, canoso y con unas espaldas como un aparador. La edad me confunde, pero debe haber visto mucho y muy variado este hombretón de ojos vivos y dientes blanquísimos.

—¡Supongo que eres el único cubano que vive en este… como decir… en este rincón del mundo!

—¡En el fin del mundo, chico, creo que sí! —afirma sin dejar de reír, pero ya con menos contundencia—. En Tallahassee, la capi-

tal del estado, unas cuantas millas hacia el sur, tengo un montón de amigos cubanos establecidos allí desde hace tiempo, más los que vienen y van por la política, los tribunales estatales y los negocios. Pero ya no voy muy a menudo por allá, que los años lo vuelven a uno perezoso ¿tú no crees? —Con su manaza en mi hombro, me va llevando por el camino de grava perfectamente apisonada hacia el portal de su modesta pero amplia y confortable casa—. Y si te vas a la costa, Pensacola, Destin, Apalachicola, Panamá City y todos esos pueblecitos playeros, pues los encuentras con relativa abundancia, pero aquí, ni uno más que el que te habla, nanay. ¡Soy el único habanero en Havana! ¿cómo te cae?

—¡No puedo ni imaginarme como llegaste hasta aquí!

—Es una larga historia, compadre, pero te la voy a resumir en dos parrafadas. —Me lleva hasta un sillón, un sillón de verdad, de esos de madera dura y balancines para mecerse—. Me fugué de un barco mercante cubano en Panamá cuando era todavía un jovenzuelo, hace tanto tiempo de eso que ya casi ni me acuerdo. Trabajé cuatro o cinco años en el Canal y ahí me metí a recluta en el ejército americano y terminé peleando, ¡tiempos difíciles aquellos!, en la etapa final de la guerra de Viet Nam. —Levanta un brazo en señal de momentáneo alto, entra a la casa y vuelve enseguida con un par de cervezas ya abiertas—. Me da una, prueba la suya y se sienta en otro sillón que ha levantado previamente hasta ponerlo frente al que ocupo yo—. De paracaidista de la 82 División Aerotransportada pasé a policía en Nueva York y más tarde a alguacil federal. Luego trabajé por muchos años en prisiones, un *job* que me enseñó mucho de los hombres, pero no me amargó, por suerte, la vida.

Sigo su abigarrada narración con la perplejidad del que descubre, de improviso, una especie de milagro de vida, o una vida milagrosa, ¡no sé! No se me ocurre ni una palabra que decir ante una historia como esa. Toma un sorbo de cerveza y pone el botellín en una mesita.

—Me casé con la que sigue siendo, gracias a Dios, mi esposa, tuve un montón de hijos, todos, hoy en día, hombres y mujeres de bien, regados a lo largo y ancho de este gran país e incluso uno de ellos, militar también, en Alemania. Luego vinieron un carajal de nietos, me retiré pasado de años porqué no me veía aquí sentado, y ahora, junto con mi vieja, una jamaicana de armas tomar, que ahorita viene

con mandados para que almuerces con nosotros, crío abejas para no aburrirme y vendo la mejor miel de abejas orgánica de toda esta zona. ¡Que caray, del mundo, que no la recolecto por dinero, sino por amor a esos animalitos tan trabajadores! ¿Qué más quieres saber sobre mi o damos por terminada esta parte?

—¡Eres una novela caminando! ¿O es que no te has dado cuenta de eso?

—¡No hombre, no seas bobo, mi hermano, soy simplemente un negro de Luyanó, que no le cogió miedo a aventurarse por la vida, pelear cuando había que hacerlo y que ahora vive feliz y tranquilo en este campito!

—¡Pero mira, en tantos años dando vueltas por el mundo no has perdido nada de tus raíces, eso es increíble!

—¡Oye chico, eso es como montar en bicicleta, lo que bien se aprende nunca se olvida!

—¡Wao! —pienso que este hombre merece un libro, pero veo claro, es obvio, que después de su mujer, sus hijos y sus nietos, es la miel de abejas orgánica lo único que lo hace feliz.

—Está bien, ya hablaremos de ti otro día. ¿Sabes por lo que vine a molestarte? —Al fin logro encauzar el objetivo de mi visita.

—Nunca es molestia, y mira, hablar en español de vez en cuando, chico, cosa difícil por estos andurriales, es como una medicina para mí. —Acomoda el corpachón en el balance, da un trago largo a la cerveza y se apresta al cambio de tema—. Se que estas investigando acerca de la vida de ese muchacho, el cantante, y como te deben haber contado, yo lo conocí y tuve la oportunidad de conversar bastante con él y ayudarlo en todo lo que pude. ¿Es eso?

—Eso mismo. Lo conociste en las malas, ¿no es cierto?

—Sí, hasta cierto punto sí. —Se queda pensando un poco—. Te voy a contar en orden lo que supe de él por los papeles, lo que vi con mis ojos y lo que él mismo me narró, que es lo más importante para comprender a un hombre.

—Te escucho. ¡Y no te imaginas con qué interés!

Asiente con la cabeza y se pone en una onda más seria, más profesional, aunque es justo decir que este hombre. —Cuya verdadera edad se me sigue escapando—, incluso cuando ríe a carcajadas, no deja de inspirar consideración y respeto.

—Comienzo por decirte, que este muchacho, Frankie Ruiz, no era de ninguna manera, un delincuente en el estricto sentido en que suele utilizarse esa palabra. Todos sus problemas se desencadenan con la muerte, muy prematura, de su señora madre, y los líos con la ley comienzan en junio de 1988 y vienen, aunque el dictamen legal diga otra cosa, por el consumo del *crack.*

—Cae preso por piratería aérea, ¿no? ¿O no es esa la razón por la que lo juzgan? —le pregunto con alguna duda.

—Si... y no. —Se toma su tiempo— Sí porqué es la acusación que le hacen, pero no, porqué todo comienza por el consumo de drogas duras en un avión. Durante un vuelo, una azafata lo ve consumiendo sustancias prohibidas, lo regaña y él, ido del mundo, fuera de control, riposta de palabra y con cierta violencia. Lo detienen al tomar tierra la nave, como es lógico, y lo condenan a catorce meses por un delito federal. Así es como llega por primera vez al Correccional Federal de Tallahassee y así es también como yo lo conozco.

—Pensándolo bien, me parece que fueron bastante benévolos con él.

—Por supuesto, no era un delincuente consuetudinario, como ya te dije. Al contrario, era un artista muy conocido y un hombre de bien. Pero un hombre de bien tocado por la desgracia del alcohol y las drogas, que como tú sabes, no es un acto de maldad, sino una enfermedad. Una enfermedad terrible. En ese tiempo tras las rejas, y ya desintoxicado, Frankie vuelve a ser el muchacho noble y bueno, el hombre de pueblo que todos conocían.

—Hasta un disco le permitieron grabar en ese tiempo, ¿no?

—La idea no era hacerle daño, sino ayudarlo a reincorporarse a la sociedad. Se le permitió, y me alegro mucho de haber tenido algo que ver en eso, grabar el disco *Mas grande que nunca.* Lo sé muy bien porque lo tengo dedicado y firmado por él. Mas tarde, después de almorzar, te lo enseño.

—Ese es el disco que trae la pieza «Deseándote», que se convirtió en tremendo éxito. —«Qué pena, que gran pena, pienso, pero no lo digo, que este hombre no haya sido el mentor, el guía permanente de Frankie»—. Y con ese disco, además, ayudó económicamente, desde la propia prisión, a su familia y a sus músicos, que se habían quedado sin trabajo.

—Es lo que te dije antes, ¡maldita bebida, maldita droga y malditos los que le hacen la cama a estos pobres muchachos! —Sus ojos lanzan destellos de ira, hace una pausa con una mirada de ausencia, pensativo—. ¡Tú no tienes idea de cuantas desgracias así yo he visto en estos cuarenta años!

Entra por el sendero un automóvil, se detiene frente al porche y desciende una señora, señora con todas sus letras, con unas cuantas bolsas del mercado en las manos. Me saluda amablemente, le da un beso en la mejilla a mi anfitrión y se marcha a preparar el almuerzo, que presumo grandioso.

—¿Dónde me quedé? —Retoma nuestra conversación—. Ah, sí, a principios del 90 sale de prisión con un expediente de buena conducta y todos, yo en primer lugar, esperamos no volver a verlo por la cárcel. —Pero no fue así.

—No. Con el éxito de su último disco gravitando sobre él, Frankie, que se cree otra vez invulnerable, vuelve a las andadas. Esperando vuelo en un aeropuerto, se emborracha, y cuando un guardia de seguridad solicita ver su equipaje de mano, sospechando que carga drogas, se vuelve como loco y lo agrede.

—¿Te imaginas si hubiera sido después del once de setiembre del dos mil uno? —le comento, sin pensarlo mucho.

—Prefiero ni pensar en eso. Lo cierto es que lo condenan a tres años de prisión, lo pasean, como hacen a veces con los reincidentes, por varios establecimientos penales: Miami, Reno, Atlanta, y termina por regresar con nosotros. —Se levanta para darle una mano a su mujer en algo que no preciso y vuelve en unos pocos minutos—. Mira, chico, se le caía la cara de vergüenza y el alma a los pies, de pena, sobre todo conmigo, cuando entró por la puerta de la prisión. Por un lado, yo estaba molesto con él por verlo otra vez allí, pero con el tiempo uno aprende, y yo llevo muchos años en esto, que recriminar al preso no ayuda en nada. La cosa es estimularlo, darle la mano, sacarlo de la depresión en la que caen, empujarlo a salir del bache y mirar hacia adelante, hacia el futuro.

—Tengo entendido que su esposa Judith, la madre de sus hijos, le ayudó muchísimo, que incluso dejó Puerto Rico y se mudó para la Florida para estar cerca de él.

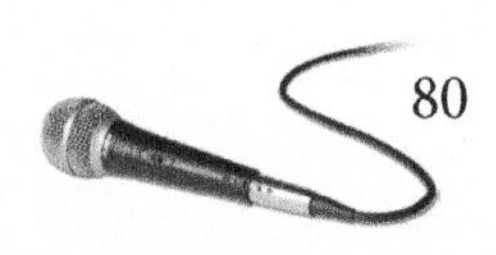

—Así mismo fue. ¡Fíjate, que Frankie siempre mencionaba que Judith era su gran apoyo y soporte, una mujer valiente.

En las visitas mensuales, ella venia con los niños y la pasaban muy juntos, todo lo bien que se puede pasar en una cárcel. El Correccional de Tallahassee es grande y tiene algunos terrenos arbolados que parecen un parque de recreo. Incluso hay mesas, aparatos de televisión y algunos columpios y cosas así para que los niños jueguen. No engañan a un adulto, pero es posible que los niños pequeños no se den cuenta de donde realmente están. Pero a él, a Frankie, le daba una pena horrible que sus hijos, tan chiquitos todavía, lo vieran en esas condiciones. Lo cierto es que con el tiempo le pidió a ella que espaciara las visitas para ahorrarle el viaje y, sobre todo, para no tener que engañar a los niños. Ella venia entonces cada dos o tres meses, traía de todo para almorzar, merendar con él. Pasarlo en familia junto a los muchachos. Pedirles a los familiares que no vengan a verlo tan a menudo, es durísimo para un preso, pero al mismo tiempo te demuestra el buen corazón y la capacidad de sacrificio del chico. Tenía en mente a los niños. ¡Sobre todo al varoncito!, me decía: «sueño con verlo en mí orquesta y que sea mejor salsero que yo».

—¿Es cierto que Frankie fundó una orquesta en la cárcel?

—Es completamente cierto. ¡Si lo sabré yo! —Se ríe con ganas, como al principio—. Frankie Ruiz no solo era un tipo de buen corazón, sino que también era cómico. Le puso Salsipuedes al grupo, y te asombrarías de lo bien que sonaba en los ensayos. Una vez se reunieron como mil presos en el teatro y la presentación fue un éxito apoteósico. Mira, chico, a lo mejor me equivoco, pero creo que ese día Frankie estaba más feliz, tocando y cantando de gratis, que cuando cobraba un dineral afuera. Me parece que esa noche se hicieron algunas fotos y te sorprenderás de la apariencia de todos los muchachos, se veían como profesionales. Por cierto, además de tremendo cantante Frankie era un percusionista de primera categoría. Él mismo me contó que había empezado como bongosero y timbalero. ¡Para que decirte, Frankie, sobrio, en sus cabales, era la mejor gente del mundo, amable, cariñoso, desprendido, ya ves por qué te digo que malditos sean los vividores y vagos que lo arrastraban al mal camino!

—¿Mejoró incluso físicamente en ese tiempo? Hay fotos en las que se ve atlético —digo, tratando de obtener más detalles.

—Ya él venia con problemas en el hígado, pero la vida ordenada, la limpieza total de alcohol y drogas, un régimen de comida sana y hasta el ejercicio físico, porque acudía al gimnasio regularmente a levantar pesas, le hicieron mucho bien, parecía otro cuando salió dos años y pico después.

—Lo soltaron en 1992 con el 85% de la sanción, ¿no?

—Su conducta fue magnifica y todos, yo incluido, claro está, dimos los mejores informes que podíamos dar sobre el muchacho. El acuerdo de la comisión penal fue que regresara a Puerto Rico y se uniera a un grupo de ex-adictos en fase de rehabilitación. Es una organización puertorriqueña, tengo entendido que se ha extendido a otros países, sin fines de lucro con la que yo he trabajado otras veces que se denomina Hogares Crea, acrónimo de Centro de Rehabilitación de Ex Adictos, y esa organización ha hecho un trabajo formidable durante cincuenta o más años. En 1970 su creador y presidente, Juan José García, descubrió que reuniendo a varios de los músicos que estaban en tratamiento en diferentes Centros, podría armarse una súper orquesta que serviría como terapia a los internos, entonces se dio a la tarea de crear una orquesta que se llamó Impacto Crea, para que amenizara todas las actividades. Fue entonces que tres jóvenes que se encontraban en tratamiento y que eran músicos profesionales, comenzaron a dar los primeros pasos y formalizar la agrupación. Tras una larga lucha para conseguir los instrumentos, luego de varios ensayos, en el año 1971 surgieron las primeras composiciones cuyas letras siempre buscaron crear esperanza en las personas con problemas de drogadicción, demostrando que si se quiere, se puede salir adelante. Impacto Crea llegó a publicar un total de ocho producciones discográficas, algunas llevadas al mercado por Fania Records.

«La música es nuestra cura, Impacto Crea se lo asegura». Ese fue el lema de la orquesta. Dentro de los directores que tuvo la Orquesta Impacto Crea en su historia figuran: Carmelo Rivera, trompetista de la Sonora Ponceña, el bajista Harry Maldonado, el trompetista Juán Rivera Ortíz y posteriormente el bongosero y compositor Víctor Colón. En su momento el cantante José *Cheo* Feliciano colaboró

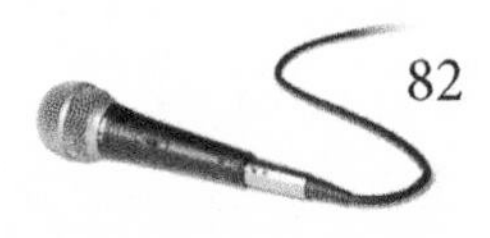

en las grabaciones de Impacto Crea. Gracias a la rehabilitación en Hogares CREA, Cheo pudo volver de forma triunfal a los escenarios. Algunos de los temas que cantó con la Orquesta fueron: «Quiérela», «Qué es lo que pasa» y «Cobarde».

—¡Vaya..., que clase me has dado! ¿En ese tiempo es que graba la canción «Mi libertad»?

—Chico, también tengo ese álbum firmado por Frankie. Me envió enseguida el disco y tuvo el gesto de dedicárselo a su pueblo y su *gente de adentro*, o sea, a los presos que dejó por detrás. Ni te imaginas lo que significa para un confinado un gesto de esa naturaleza. Yo no sé mucho de música, y si sé algo, es de *reggae*, rumba y viejos boleros cubanos, pero oí decir que esa canción había sido tremendo éxito de ventas.

—Sí, antes de salir el disco ya había vendido como cincuenta mil unidades. Un disco de oro en toda forma. Por cierto, mucha gente piensa que la composición es del propio Frankie, pero no es así. La letra, buenísima, por cierto, es de Pedro Azael y Laly Carriazo y el arreglo musical y el añadido de trombones es de Carlos *Cuto* Soto —le comento, olvidando y confundido. Ya no sé, si este es un hombre de leyes o de música.

—No sabía esos detalles, pero sí sé, me lo decía él mismo, que lo de Frankie no era la composición, sino la interpretación. Tenía una voz afinadísima y tremenda melodía. —Se escuchan sonidos de cubiertos y vasos ordenándose sobre una mesa—. Lo escuché cantar en vivo en la cárcel, y te juro que hubiera preferido haberlo oído en la radio, montones de veces, que aquí, en el Correccional de Tallahassee.

La esposa, una mulata alta y corpulenta que todavía conserva muchos rasgos de su belleza isleña, sale al portal y en un español un poco raro, pero muy musical, nos invita a pasar al baño para lavarnos las manos antes de ir a la mesa.

Tengo hambre y he disfrutado esta conversación con deleite. Se lo digo a mi nuevo amigo, un nuevo amigo que me parece ya de toda la vida.

—¡Ah sí, pues prepárate, chico, que lo mejor viene ahora! —Se pone de pie, me saca una cabeza por lo menos, y me hace un ademan para que entre a su casa.

—¡Mira, te vas a quedar a dormir una siesta porque después que pruebes la sazón de mi mujer, no te vas a poder levantar de lo lleno que vas a estar, que te parece!

—Pues… pues que me veo lleno a reventar y después durmiendo esa siesta, ¡okey!

18

Mi Libertad

Háblame de la canción «Mi libertad».

—Pues... «Mi libertad» es una muy buena composición musical, y en la voz de Frankie Ruiz adquirió un significado personal, especial. Acababa de salir de prisión.

El álbum *Mi Libertad*, fue de gran éxito comercial para Frankie y para la compañía de discos, acumuló una preventa de 50 mil unidades y en tan solo dos meses, después de haber sido publicado, le fue otorgado el disco de oro por sus ventas. Pero mira, antes de continuar debiera decirte que no se entiende la rápida, y casi increíble cadena de triunfos de Frankie Ruiz sin sus tremendamente exitosas canciones, sino todas, por lo menos una buena parte de ellas.

Está en *shorts,* camiseta y sandalias, sin afeitarse, sentado al piano y no deja de pasar los dedos de sus manos, con suavidad, y con amor, diría yo, por el teclado.

Y detrás de todas esas piezas musicales. —Continúa dándome su parecer de los éxitos de Frankie y de cualquier artista, hay grandes autores, que muchas veces no se mencionan, o que la gente simplemente no conoce, pero que sin ellos no habría éxitos, ni habría nada. —Da un par de teclazos, que se me antojan de molestia—. Qué sería de María Félix sin «María bonita», o de Luis Miguel sin esos bolerazos históricos que él y sus productores, resucitaron, o cómo nos referiríamos hoy al gran Héctor Lavoe sin «El cantante», composición de Rubén Blades.

—¡Oye, tienes mucha razón! Los tiempos de Agustín Lara, Bobby Capó o Armando Manzanero, pasaron hace muchos años. Ninguna estación de radio menciona hoy a los autores de las canciones,

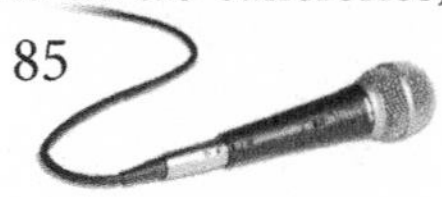

y mucho menos a los arreglistas, que son los verdaderos genios en todo esto. —Me doy cuenta, que es obvio lo que acabo de decir, pero lo obvio no es tal, hasta que lo razonamos o hasta que alguien nos lo pone delante de los ojos y nos lo hace ver—. Mira. ¿Por qué no recorres un poco la historia de los compositores que escribieron los éxitos de Frankie Ruiz? —agregué con entusiasmo y mucho interés.

Observo atentamente la sensibilidad, la expresividad de sus manos y gestos corporales cuando sigue ejecutando una bella melodía, que sale del lustroso y afinadísimo piano medio cola, dispuesto a un lado de su amplia sala de estudio y grabación.

—Aunque tú no lo creas, no soy un erudito de la música, pero voy a hacer un poco de memoria, solo un poco, y voy a tratar de recordar, por arribita, que son muchos, y todos muy buenos, a algunos, y algunas, de los que compusieron para Frankie. —Toca entonces, valiéndose solo de los dedos índices, como en broma, una especie de fanfarria introductoria—. Vamos a ver, Frankie compuso él mismo «Salsa buena» cuando era un niño, eso fue por el 71, y la grabó en un disquito casero con Charlie López en New Jersey, pero ahí paró, y quién sabe, a lo mejor fue una pena que no siguiera componiendo. Luego, en el primer disco de Frankie con la Orquesta La Solución, ya en Puerto Rico, canta un par de canciones, «Del campo soy» y «Lindo amanecer», de Henry Arana, un compositor sanjuanero que nació, si mal no recuerdo, en 1921 y murió hace tiempo, por el 2008 en Alabama, creo que de Alzheimer. Las canciones de Arana fueron grabadas por instituciones musicales de la isla como: La orquesta de Bobby Valentin, la de Willie Rosario, El Gran Combo de Puerto Rico, La Orquesta de Mario Ortiz, entre otras.

—Dices que solo vas a hacer un poco de memoria, ¡caramba!

—Me defiendo, okay, pero no me interrumpas.

Creo que el secreto de su memoria autoral está en ese piano que acaricia todo el tiempo, pero mejor me guardo para mí esa opinión y no la menciono.

En el segundo disco que graba con La Solución, el de «La rueda», Frankie canta un par de canciones de la quebradillana Zulma Angélica González, que también compuso para las orquestas de Bobby Valentín, Willie Rosario, incluso para Andy Montañez y Sammy Gonzáles. Pero Zulma es una de las muchas compositoras: Myrta Silva, Ivonne Lastra, Sylvia Rexach, Ketty Cabán, Gloria González,

Puchi Balseiro, entre muchas otras que han hecho grande, junto con los hombres, la música romántica y salsera boricua. —De su piano brotan los acordes de «La vecina», una pieza de Zulma, que escogió Roberto Rivera, director de La Solución para que Frankie Ruiz la grabara en esta producción—. ¡Y no sería la única fémina que compusiera éxitos para Frankie, como ya verás muy pronto!

—Ahora vienen los tres discos que grabó con Tommy Olivencia, ¿no?

—Pues sí. En el primero, *Un Triángulo de Triunfo*. Frankie canta un par de canciones, «Luna lunera» y «Mujeres como tú» escritas por Jorge Ayala. —Toca, presumo para refrescar la memoria, algunos acordes que no acabo de ubicar bien.

—Y en ese mismo disco —continúa—, viene el éxito «Primero fui yo», del cantante y compositor boricua, radicado por muchos años entre Nueva York y Miami, Raúl Marrero, uno de los grandes de verdad, creció escuchando las canciones del Trío Matamoros y del Cuarteto Mayarí, y del que Frankie grabaría otras piezas, incluyendo «Como lo hacen», ya en la segunda producción de Frankie con Tommy Olivencia. Esa segunda producción con Frankie, la diecisiete de Olivencia, se llama, sin mucha rimbombancia: *Tommy Olivencia y su Orquesta*. Ahí también, en ese segundo disco, Frankie interpretaría nuevamente un par de piezas de Jorge Ayala.

—¿Y en el tercero? —pregunto.

—En el tercer disco con la orquesta de Olivencia, al que le pusieron por nombre *Celebrando otro Aniversario*, Frankie canta «Aléjate de mí», de Gloria González, alumna de Tite Curet y a quien llamaba *su padrino artístico*, una señorona con presencia insustituible de la canción puertorriqueña, más de trecientas canciones compuestas y a la que grabaron, desde Cheo Feliciano hasta Gilberto Santa Rosa, pasando por El Gran Combo, y claro está, por Frankie Ruiz.

—Me maravilla la enorme cantidad de compositores, hombres y mujeres, de buena música que hay aquí y uno ni conoce. ¡¡Que historia tiene esta isla!!

Ahora se escucha «El camionero», del brasileño Roberto Carlos. Su ejecución al piano no me deja duda. Sin darle tiempo a que finalice, le digo:

—¡Y entonces..., Frankie da el salto a solista!

—Esta es una de las canciones que escogió Frankie para arrancar por su cuenta con el álbum al que bien nombraron, *Solista... pero no solo*, grabado en 1985. Frankie mete en el disco, con mucho acierto, dos temas «Si esa mujer me dice que si» y «Ahora me toca a mi» de Hansel Martínez y Raúl Alfonso, dos cubanos de Miami que estaban súper pegados, con su propio grupo. Frankie adapta las piezas a su forma de cantar y le sale bien. Graba también «Tú con él», letra del cantante uruguayo Eduardo Franco, que fue la voz de los Iracundos, por cierto, murió bastante joven. El arreglo corrió por cuenta de Carlos *Cuto* Soto. Repite con Gloria González y arreglos de Ernesto Rivera en «Amor de un momento» y añade «Como le gusta a usted», del compositor boricua Peter Velázquez, un autor que tuvo mucho que ver con Andy Montañez, Marvin Santiago y Roberto Roena, entre otros. Y entonces nos quedarían «Esta cobardía» que originalmente fue una balada interpretada por Antonio José Cortés Pantoja, conocido artísticamente como Chiquetete, un cantaor flamenco español, primo hermano de las también cantantes Isabel y Sylvia Pantoja, pero te digo que con el arreglo que le hizo el pianista Mariano Morales, Frankie Ruíz la pegó rapidito; y «La cura», de Tite Curet y arreglo del pianista Ángel Torres *Pajay*.

—Es como una línea que va subiendo. ¿A qué cumbres hubiera llegado este muchacho de no ser..., bueno, para qué seguir? —comento.

—Dejemos eso, que lo que pasó, pasó. —Arranca tocando, muy impulsado, con los acordes de *Voy pa' encíma*, que así se llama el segundo disco de Frankie en solitario, de 1987 —Pero entonces, de pronto, levanta las manos del teclado y deja de tocar.

—Esa pieza que comencé a interpretar, es de Peter Velázquez, que ya lo conoces, y vienen dos más de Gloria González, que se va haciendo imprescindible para Frankie. Graba «Desnúdate mujer», un *hit*, del italiano Poliguano, dos del puertorriqueño Pedro Arroyo «Imposible amor« y «Quiero verte».

Ahora me regala unas notas al piano. Me dedico a escuchar atentamente y en silencio, cuando de repente me dice:

—Esta es... ¿La conoces? —me pregunta—. «Mujeres», del compositor argentino Marcelo Molina, una pieza no muy radiada. Así que cambia esa cara. Y me voy, que el tiempo pasa, para el próximo disco, el tercero.

—*En Vivo y a todo Color*. ¿No es así?

—Ese mismo. Quizás es una de las producciones menos exitosa de Frankie, no sé, es mi impresión. Dentro de ese disco se grabó una pieza titulada «Si te entregas a mí» de Anthony Martínez y música del trompetista Tommy Villariny.

Da unos acordes sucesivos con fluidez y técnica, i*n crescendo*, como si fuera la apertura de un espectáculo.

—En esta producción vuelve Gloria González con «Solo por ti» y «Me acostumbré», hay dos más de Anthony Martínez, que vive en Texas, una de Rita Irasema «Por eso». Y, para terminar, que ya estoy hablando demasiado, una del mexicoamericano, Antonio de Jesús, que es el nombre artístico de Jesús Antonio Valenzuela Vega, un sinaloense aplatanado en Los Ángeles que ha escrito éxitos por montones y para diversos cantantes famosos.

—No sabía —susurro.

—¡Umm!, ¿sabes quién le abrió de par en par las puertas del éxito en los Estados Unidos a Antonio de Jesús? Pues nada más y nada menos que Herb Alpert, el soberbio trompetista y creador de los Tijuana Brass, ¿Qué te parece?

—Pues me parece increíble. ¡Y llegamos entonces al cuarto disco, que se tituló: ¡*Más grande que nunca!* ¿Acerté?

—Acertaste, justo acertaste. Pero lo que posiblemente no sepas es que dentro de todos esos músicos talentosísimos que fueron convocados para esa grabación, hubo dos, que hoy son considerados espléndidos exponentes de lo que es la percusión, incluso más allá de los terrenos de la salsa. Ambos muy destacados en el *jazz* latino. En ese álbum participaron José Giovanni Hidalgo *Mañenguito*, un virtuoso de la percusión rumbera, llamado así por ser hijo del gran conguero José Manuel Hidalgo *Mañengue*, y Johnny Rivero, percusionista nacido en Nueva York, de padres puertorriqueños, Rivero trabajó durante un muy buen tiempo con la Sonora Ponceña y todos lo conocen como Pequeño Johnny. Ya comprenderás el lujo que se dio Frankie con esos dos genios tocando los tambores Batá en su producción.

Y comienza a tocar, con tremendo tumbao boricua, «Deseándote», uno de los éxitos más recordados de Frankie Ruiz.

—Esta producción, de 1989, completa, del primer al último corte, fue un batazo y marcó la llegada al mundo de la escogencia musical

de Frankie Ruiz, de dos compositores que eran, uno de ellos sigue siendo, verdaderas máquinas de fabricar éxitos: el panameño Pedro Azael y el cubano Cheín García. Si exceptuamos una pieza de Valter Polignano, todas las demás canciones de este álbum, uno de los más premiados de Frankie, son de Pedro Azael y de Cheín García.

—¡Oye, uno habla de las canciones, de cómo se pegan y todo eso, y no sabe esas cosas tan interesantes de los compositores!

—Así mismo es. Mira, de Pedro Azael, un músico y autor que sigue muy activo actualmente, que ha ayudado enormemente a componer bien y a defender sus derechos autorales, con sus artículos y talleres de composición a infinidad de jóvenes que quieren seguir ese camino, son los cortes: «Entre el fuego y la pared», «Amantes de otro tiempo» y «Señora», un gran éxito de Frankie.

Deja correr con habilidad extraordinaria sus dedos sobre el teclado y saca, sin esfuerzo aparente, la armonía de «Señora»

—De Cheín García son «Para darte fuego», «Tú eres» y el éxito, el súper palo, diría yo, «Deseándote», una de las piezas que pusieron el nombre de Frankie Ruiz en la estratósfera interpretativa.

—¿Conociste a Cheín García? —indago.

—¡Claro...! —exclama—. José Dámaso García Alonso, el gordo Cheín, era mi amigo y falleció de un infarto mientras visitaba unos familiares en Carolina del Norte, en el 2014, a los 59 años, y uno de los tipos más buena persona, buena gente, como dicen los cubanos, que he conocido. Comienza a tararear y a tocar en el piano algunos acordes de «Una experiencia religiosa», la pieza de Cheín que se convirtiera en tremendo éxito en la interpretación de Enrique Iglesias.

—¿Conversaste mucho con él?

Mucho. Era un hablador tremendo. El gordo Cheín, además de un soberbio compositor, era un tipo muy inteligente y agudo de palabra. Llegó de Cuba a New Jersey en 1968 y lo que le gustaba de verdad era la literatura y el *rock* original. Escribía poemas, muy buenos poemas, algunos muy satíricos, donde criticaba a amigos, a enemigos y a él mismo. Y coleccionaba cuadros y serigrafías legítimas de Botero. «Gordos, gorditos como yo decía, y pequeñas estatuas de personajes obesos de cerámica. Me decía que no se había hecho productor de artistas porque ya ganaba bastante dinero y porque no le era fácil mover su cuerpecito, pesaba más de 300 libras. Comenzó en la música, junto con su hermano, cuando eran unos muchachos,

haciendo fiestecitas como *disc jockey*, pero entonces se fue a estudiar ingeniería eléctrica, se graduó con buenas notas, consiguió trabajo en la Corporación Bell y ¡asómbrate!, lo dejó a la semana de estar haciendo números entre cuatro paredes porque se aburría de muerte. Así era el gordo, como le decíamos todos cariñosamente, Cheín García.

—¿Escribió canciones en inglés?

—Por supuesto. El inglés era su idioma del día a día. Acuérdate que siempre vivió en una buena casa en Newark donde tenía lo que él llamaba *la cueva*, que era el *basement*, su estudio montado con todas las de la ley. La primera pieza en serio que escribió en inglés se la envió a Low Rawls y Diana Ross.

—¿Y le contestaron?

—Claro que sí, para decirle que muchas gracias y que otra vez sería. Pero no se amilanó, si escribía poesía, por qué no iba a escribir canciones. La primera que le aceptó una canción fue la cubana boricua Lisette Álvarez, y luego siguió la española Rocío Jurado. Fue Frank Torres, el productor de Frankie Ruiz, el que se le acercó para pedirle alguna composición. Con Frankie, Cheín comenzó a ganar dinero de verdad, y no solo eso, Frankie le abrió la puerta para llegar a Eddie Santiago, Héctor Tricoche, Salsa Kids, Ley Alejandro, Rey Sepúlveda, La Mafia, Boyz II Men, Chaka Khan, Guadalupe Pineda, Carlos Cuevas y ni se sabe cuántos más. ¿Qué cubano no se ha sentido tocado por «Háblame de Jatibonico» interpretado magistralmente por Willie Chirino?

—Oye, le preguntaste alguna vez su opinión sobre ¿qué cosa es la salsa? —le lanzo una pregunta obligada.

—¡Claro! Mil veces, y discutíamos todo el tiempo sobre eso. Para él, la salsa era una música de padres cubanos, el son y la guaracha, criada en Nueva York (un poco como él mismo) y crecida en El Barrio y en el Bronx, entre la plena, la cumbia, el *jazz* y el *rock*. Es una consecuencia, me decía, de la mezcla de culturas que conviven en la Gran Manzana. Siempre me señalaba para puntualizar su opinión, quienes eran los principales salseros: Willie Colón y Ruben Blades, Johnny Pacheco y Celia Cruz, El Gran Combo y Oscar D'León, Larry Harlow y el Grupo Niche, Héctor Lavoe y Ray Barretto. Como ves, cubanos, boricuas, panameños, colombianos, judíos americanos, dominicanos, venezolanos y de cuánto hay por estas tierras. De

Cuba vino, me decía siempre, pero sin toda esa mescolanza no hubiera salsa.

—¿Cuándo conoció a Enrique Iglesias?

—En un viaje a Miami, en 1994. Se inspiró, te vas a morir de la risa, en Santa Teresa de Jesús y en San Juan de la Cruz, estaba pasando en ese mismo momento un curso universitario sobre poesía mística española, para escribir «Una experiencia religiosa». Y la pegaron, ¡de puta madre!, como dijo el propio Enrique Iglesias.

Comienza entonces a tocar y a cantar bajito un estribillo que dice: *En este país nada es igual que en Cuba, y el cubano se conforma, pero nunca se transforma, en este país.*

Eso es de Cheín. Y que yo sepa, nunca se lo dio a cantar a nadie, se lo guardó para sí mismo.

—¿Cantaba Cheín?

—Sí, cantaba, y bien, y componía para él mismo ¿a qué no sabes qué? danzones, ¡tal y como lo oyes, danzones al estilo de Antonio María Romeu y Barbarito Diez!, pero me decía que cómo, de que manera, con ese corpachón se iba a poner a cantar en público. ¡Se hubiera muerto del bochorno!

—¡Wao, qué historia! ¿Pero Pavarotti no tenía pena?

—Pavarotti tenía la cara dura —contesta en broma—. Cheín no, y además lo que a Cheín le gustaban eran los danzones, no la ópera. —Nos reímos los dos de buena gana.

—Mira —me dice—, todo eso es de lo que está hecha la historia que hay dentro de la música, una historia que casi nunca, lamentablemente, se conoce. Pero nos hemos desviado de lo nuestro. Ahora nos toca *Mi libertad,* de 1992, que fue el disco, y la canción, por la que comenzamos, a petición tuya, esta recapitulación.

—Es muy cierto —respondo.

—En este disco Cheín García, aporta una sola canción, «Bailando» arreglo del pianista Ramón Sánchez Audinot, pero es un batazo incuestionable.

Lo interrumpo para preguntarle:

—¿Oye, tu fuiste beisbolista?

—¡Miraaa!, mejor sigo. Gloria González escribe «No supiste esperar», se utilizan composiciones de Juan Cintrón, Rafael Álvarez Rodríguez, Ricardo Vizuete, Carlos de la Cima. Se repite con Peter

Velázquez, del que ya hemos hablado, y entonces llegamos a «Mi libertad».

—«Mi libertad» se ha convertido en un clásico. Un himno social —afirmo con mucho convencimiento.

—Lo es, claro que lo es. —Comienza a tocar.

—Y fíjate en la letra:

Una colilla de cigarro más / un cenicero que va a reventar. / La misma historia triste y sin final / el mismo cuento de nunca acabar. / Y la carcajada de otra madrugada, ooh.

Y por ahí sigue describiendo la asfixiante monotonía y la desdicha de la prisión antes de la loa, que viene después, a los buenos tiempos en libertad: *Quiero cantar de nuevo, caminar / y a mis amigos buenos visitar / pidiendo otra oportunidad.*

Ahí entra el toque típico puertorriqueño, ese sonido folclórico con el cuatro de Máximo Torres, que te cuento fue el primer requintista de la isla y el primer guitarrista lector de partituras en orquestas de música popular que surgió en Puerto Rico. Justo en ese segmento se oye la voz de Frankie afirmando orgulloso: «Ay mi tierra…». ¡Tremendo arreglo ese de Cuto!

Separa con pereza las manos del piano y me mira serio. ¡Una joya, tanto la letra como la música! ¡Una joya!

—Muchos piensan que la composición es de Frankie.

—Podía haberlo sido, porque le viene como anillo al dedo, pero no, es del compositor panameño, del que ya hemos hablado, Pedro Azael en coautoría de Laly Carrizo. El arreglo es del viejo amigo de Frankie *Cuto* Soto. —Se le ensombrece un poco el rostro—. «Mi libertad», a pesar de la connotación negativa que tiene el hecho de reconocer haber estado en la prisión, que yo lo veo como una actitud honesta, marca una cima de calidad en la carrera de Frankie Ruiz. Es una prueba de que la desgracia, la prisión, a veces saca lo mejor de los hombres. Es una pena que Frankie no haya sabido, o podido, parar a tiempo la vida de rumba constante que llevaba.

—El siguiente disco, me parece, es *Puerto Rico soy Tuyo*.

—Sí. En esa producción, grabada en 1993, encontramos piezas de Gloria González, que no podía faltar algo de ella, Peter Márquez, nuestro conocido Peter Velázquez, Palmer Hernández y el exitazo de Cheín García «Tú me vuelves loco». Esa sigue siendo, y lo será

por mucho tiempo, una de las canciones emblemáticas de Frankie. ¿No sé si estás de acuerdo?

—Seguro que sí. Quizás la frescura de la juventud, una juventud que él estaba derrochando alocadamente, ya no le acompañara como antes, pero «Tú me vuelves loco» es una maravilla de composición y Frankie hace una interpretación espectacular. No puedo evitar que se me salga lo de crítico musical, que no soy, pero es que «Tú me vuelves loco», y la forma de cantar que tiene Frankie aquí, me gustan mucho.

—Ya veo, ya veo que tienes tus preferencias. No te preocupes, todo el mundo las tiene —me dice.

Saca unos acordes rápidos de «Tú me vuelves Loco», y se ríe, creo que de mí. Hace un movimiento de cabeza, deja de tocar y me dice:

—Olvidaba «Nos sorprendió el amanecer» una composición de Rafael Rodríguez Álvarez y arreglo de Ramón Sánchez Audinot.

Le sigue, continúa, a fines del 94, o principios del 95, *Mirándote*. Esta producción se sacó de apuro para pegarla en las Navidades del 94 al 95, pero todo salió a pedir de boca. Piezas de Luis Ángel, Mario Patiño, Gustavo Márquez, el infaltable Pedro Azael y, una vez más, sonrie con malicia, el *homerun* de Cheín García «Mirándote». Yo no sé que tenía este hombre para convertir, casi sin excepciones, su música en *hits* de primer nivel.

—¿Y entonces? —indico, como preguntando por más.

Nos queda por comentar el álbum *Tranquilo*, producido en 1996, el último grabado completo por Frankie, un Frankie que ya está declinando, es mi opinión, aunque no siempre se note con facilidad. En esa producción se repiten muchos compositores de sobra conocidos: Pedro Azael, Cheín García, Gloria González, Ricardo Vizuete, Peter Velázquez, y aparece una composición, «Seguir intentándolo» de un autor que cada vez cobraría más fama y sería más solicitado por los cantantes a la búsqueda de éxitos, el panameño Omar Alfanno.

Repasa algunos acordes, estira los brazos hacia atrás para desperezarse y se pone, con agilidad, de pie.

—*Nacimiento y Recuerdos*, el disco que se sacó en 1998, si exceptuamos *Vuelvo a nacer*, de Myriam Valentín, ya no es más que una recopilación de viejos éxitos reunidos nuevamente. Escuchar ese disco me da cierta tristeza. Por un lado, oyes un montón asom-

broso de *hits* que se grabaron en un período relativamente corto de tiempo, por el otro sabes que estás escuchando el canto del cisne de un grande de la salsa.

Finaliza diciendo:

—Ya Frankie no podía grabar nada nuevo.

—Frankie estaba concluyendo su carrera activa y se estaba acercando al momento, el triste momento, de convertirse en mito. Esa es la verdad.

—Y ese mito sigue ahí —agrego

—Sigue ahí —me dice, y comienza lentamente al piano la melodía de «Vuelvo a nacer».

Escucho los acordes, con la vista perdida en el horizonte.

19

Frankie en Keops

La música va dejando su huella en la historia de los artistas, y de los pueblos. Es un estilo de vida, la memoria de cada época, y que va mas allá de la cultura.

En la salsa, países como Puerto Rico y Cuba contribuyeron mucho a su fusión y desarrollo, pero también es digno de destacar que Perú y Colombia, entre otros, son los que mantienen viva la pasión salsera. Es por eso que, cuando en Colombia se habla de música, pasión y reputación, hay que conversar con un melómano que conoció a Frankie Ruiz, un hombre bien informado, con mucha humildad, carisma, y que se ha ganado el corazón de sus oyentes: William Vergara.

William Vergara, a quien todos llaman Willy, nació en la costa norte de Colombia, en Maicao, Departamento de La Guajira a finales de los años cincuenta.

En la adolescencia formó parte de una banda de *rock* en la que tocaba la batería y años después se dio cuenta de que la música era el gran negocio. Comenzó a coleccionar discos y poco a poco se convirtió en cofundador de bares y discotecas en Bogotá como: Funky bar, Funky II, Club Disco, y Keops, este último, club de renombre donde en 1987 se presentó Frankie Ruiz.

Me recibe con un apretón de manos y un fuerte abrazo. Sé que me dedicará poco tiempo y que tiene que regresar al estudio de radio.

—Hábleme de los primeros clubs, antes de Keops, de esa vida nocturna de Bogotá —le digo.

Arrancamos con Funky, cada fin de semana había lleno total, luego vino Funky II, que estaba ubicado al norte de la ciudad, en la carrera Séptima con calle 85, encima de una estación de gasolina. —Hace

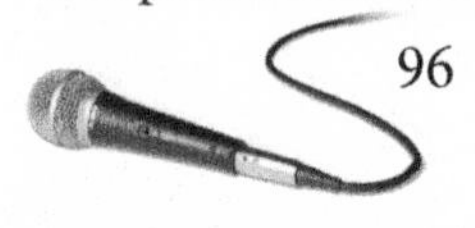

una pausa, y nos reímos—. Definitivamente el despunte vino con el Club Disco. Allí la gente asistía no solo para bailar sino también para mostrar su vestuario, muy particular en la época. El punto clave era el baile. La música que sonaba era básicamente disco o *dance*, *soul* y por supuesto, la salsa. Todo el mundo la llamaba «la disco». Parejas o grupos ensayaban durante la semana para ir a mostrar lo mejor el viernes y sábado en la pista. El Club Disco estuvo abierto al público desde 1978 y hasta 1982, cuando se abrió Keops. Para ser más exacto, «la disco» cerró sus puertas el 20 de noviembre de 1982 y la noche del 21 de noviembre se dio apertura a Keops.

—Pero, cuénteme hombre, ¿cómo surge la idea del nombre, Keops? —Lo apresuro un poquito, tratando de ganar tiempo.

Queríamos mudarnos de la Avenida Pepe Sierra donde funcionaba el Club, porque comenzó a agitarse mucho la zona, mucha gente famosa de la época asistía permanentemente a las noches de Disco, el sitio comenzó a ganar tanto prestigio que incluso se utilizó en algunas ocasiones para grabar programas de televisión. Nos mudamos de allí para tener un mejor espacio para quiénes asistían al establecimiento.

Debo aclarar, que Keops no fue un local que se adaptó. Se construyó totalmente, de ceros, pensando en tener el mejor sitio nocturno de la ciudad para presentar música en vivo. Los socios fuimos: José Ignacio Pombo, Nelson Mesa y yo.

La construcción de Keops tomó un poco más de un año. En ese lugar, antes de llegar nosotros, se pretendía poner en funcionamiento una funeraria, los vecinos se opusieron y nos quedó la vía libre para tramitar los permisos para abrir el Club.

—¡Funeraria! Es increíble, de algo muy tranquilo, a un local con tanto movimiento como un club —exclamo.

—Sí, así como te cuento. Recuerdo que el arquitecto contratado para la obra, era un hombre obsesivo con la cultura egipcia, incluso había escrito un par de libros sobre el tema. El Club tenía dos pisos, una capacidad para aproximadamente quinientas personas, y sobre la mitad del escenario para donde se presentaba la música en vivo, descansaba una pirámide. Mientras se construía el establecimiento nunca supimos como lo íbamos a llamar. Cuando quedó listo nos reunimos los socios y decidimos que se llamaría Keops como una de las pirámides de Egipto y así nació el Club, el nombre se volvió

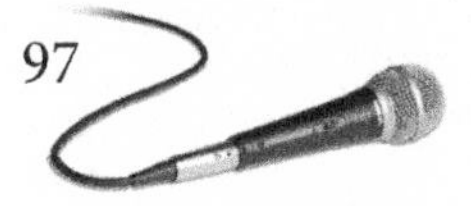

muy popular, no solo en Bogotá, sino que era un sitio de referencia en toda Colombia. Era un sitio pensado para tener artistas de talla internacional en vivo ya que no existía algo similar en ese momento en la ciudad.

—¿Qué artistas pasaron por Keops?

El primer *show* que presentamos fue la banda de *jazz* de del clarinetista, saxofonista y trompetista norteamericano Tommy Dorsey, lo tuvimos con su formato de *big band*. El segundo espectáculo que tuvimos fue el del percusionista cubano Mongo Santamaría. Tuvimos a Gato Barbieri y a Gilberto Gil.

De la onda del *rock* en español pasaron por allí: Soda Stéreo, Los Prisioneros, Charlie García... Hubo una fiebre de merengue impresionante en esa época, por eso se presentaron también: Johnny Ventura, Cuco Valoy, Wilfrido Vargas, Bonny Cepeda y Los Vecinos de N.Y., entre otros.

En el campo del *reggae* tuvimos a la banda jamaiquina Chalice y a Freddie McGregor.

Y desde luego muchos salseros, Héctor Lavoe, Pete *Conde* Rodríguez, Andy Montañez, Cheo Feliciano, Willie Colón, Naty y su Orquesta, Alfredo *Chocolate* Armenteros. Agrupaciones como El Gran Combo de Puerto Rico y La Sonora Ponceña, se presentaron en más de una ocasión. También tuvimos talento colombiano como: Grupo Niche, Guayacán Orquesta y Joe Arroyo. —He escuchado sin interrumpir a este hombre de hablar pausado, de buen trato y con una voz que cautiva a sus oyentes.

—¡Oye, y Frankie Ruiz!, no lo has mencionado.

Claro que estuvo en Keops. Recuerdo que vino en febrero de 1987. Como lo voy a olvidar. Sí fue una noche fantástica. Las mujeres enloquecidas con Frankie, llegaron también muchos conocedores de la música, estaba muy presente en la memoria del público sus éxitos «La rueda», «Como lo hacen» y «La cura», estaba en el esplendor de su carrera y tuvimos el honor de tenerlo esa noche en el Club, mucha gente se quedó por fuera, no había como ingresar al lugar.

—¿Vino como solista?

Willy se toma su tiempo en responderme, bebe de su botella de agua. Mira su reloj, y me dice:

—Bueno, Frankie Ruiz había sido contratado por un empresario para el Carnaval de Barranquilla ese año. Se presentaría el sábado

en el Carnaval, llegó desde el jueves a Bogotá, el día viernes grabó el *show* de Televisión con Jimmy Salcedo como al medio día y en la noche lo tuvimos en Keops. Nunca supe por qué vino acompañado por la Orquesta de Tommy Olivencia, porque él ya había iniciado una carrera de solista, pero luego con los años supe que Olivencia le apoyó en varias ocasiones de esa manera.

Frankie llegó muy bien vestido y luciendo sus lujosas joyas, saludó a un par de fanáticos en la recepción y se ubicó en el camerino. Allí compartí con él, noté que era un tipo de pueblo, muy sencillo. Frankie cantó dos *sets* en los que recuerdo muy bien los números: «La rueda», «Como lo hacen», «Cosas nativas», «La cura», «Que se mueran de envidia», «Lo dudo», «El camionero», «Amor de un momento» y «Esta cobardía». Su voz se escuchaba tal cuál al registro que dejó en el disco. Fue uno de los mejores *shows* que tuvimos en Keops. Al día siguiente partió para Barranquilla a cumplir su compromiso en el Carnaval. —acaba diciendo, pero gira su cabeza buscando su reloj—. Me quedan ocho minutos para ir al aire.

—Una más Willi. ¿Qué importancia tuvo Frankie Ruíz en la música?

—Esa es muy fácil, y rápida de responder —dice, ya levantándose—. Frankie dejó un legado muy grande. El sólo hecho de que su música se sigue escuchando con bastante fuerza, es prueba de ello, y hay que tener en cuenta que no tuvo una numerosa discografía, pero si hay un *Hall* de la salsa, el nombre de Frankie Ruíz debe estar allí, porque fue un cantante que le apostó a algo diferente.

Se disculpa, me da una palmadita al hombro y se marcha con su carismático andar, mientras yo sigo pensando en sus ultimas palabras: *Hall* de la salsa..., Frankie Ruiz..., diferente...

20

Los viajes

Hoy, en realidad desde hace casi una década, ella trabaja de nueve a cinco y de lunes a viernes como gerente en la filial de una agencia de viajes internacional, y luego, sin sobresaltos, pero con pasión y diligencia, regresa a su casa para atender a su esposo y ayudar a sus hijas mayores con los nietos.

Es feliz. No más días sin noches, no más fines de semana perdidos ni horas infinitas pegadas a un teléfono resolviendo, a gritos y amenazas, problemas de último minuto y peleando hasta quedarse sin voz por el incumplimiento de pagos y contratos.

—Disfrutaba todo eso y estaba bien, porque era muy joven y tenía una salud de hierro, pero llega el momento en que tienes que parar o la vida se encarga de pararte, te pasa la cuenta, como dice la gente. —Me atiende en su cómoda y ordenada oficina, una computadora de mesa con dos pantallas, un teléfono de cable, un móvil, una tableta, una agenda de escritorio enorme repleta de anotaciones, fechas y borrones en varios colores, un librero con catálogos de viajes y un par de diccionarios—. No solo trabajé bastante tiempo para Frankie Ruiz, lo hice también, por años, para varias agrupaciones y cantantes boricuas y para unos cuántos latinoamericanos y norteamericanos. ¡No tienes idea de lo mucho que aprendes y probablemente tampoco de lo mucho que te desgastas! ¡Te pones vieja muy rápido!

—Primero que todo, te agradezco tu amable recibimiento. Quedé contigo para que me ayudes a hacer un resumen de los viajes de Frankie y para que me cuentes, si te apetece, algunas anécdotas

interesantes. —Reviso brevemente mis notas—. No quiero robarte mucho tiempo, sé que eres una ejecutiva muy atareada.

—No te preocupes, tiempo es lo que me sobra ahora. —Tengo ante mí, y en su pequeño reino, a una mujer madura y muy elegante, con lentes de pasta a la última moda, atenta y cálida, pero al mismo tiempo se le nota el carácter fuerte por arriba de la ropa—. Comienzo por decirte que hace treinta y tantos años no era nada fácil ser mujer en el duro y competitivo negocio del *booking* artístico. Esta conversación no va sobre mi vida, lo sé, pero te cuento eso para que puedas entender algunas cosas que voy a explicarte más adelante.

—Puedo imaginarme algo de todo eso.

—Pues yo te digo que es aún más duro de lo que te imaginas. Quien no lo ha vivido no puede entenderlo del todo. Pero dejemos eso. Voy a recorrer, como si volviera a hacerlo con Frankie, país por país a los que él viajó y en los que triunfó. Como cuentan que dijo Julio César: «Vine, vi y vencí».

—¿Y lo vas a hacer de memoria?

—Pues claro, si esos viajes no solo ayudé a prepararlos, y creo que lo hice bastante bien, sino que los sufrí, a veces hasta los lloré. —Se reclina un poco en su sillón ejecutivo de color verde botella—. Pero eso sí, no quiero que pienses que yo era la jefa, de ningún modo. Yo era la ayudante, como una secretaria, muchas veces ejecutiva, del manager y promotores de Frankie. Ellos eran los que hacían los contactos, seleccionaban los eventos y lugares, las fechas, las cifras a cobrar, todo eso, y entonces a mí me tocaba el papeleo, los cumplimientos, lidiar con los hoteleros, el trato con la prensa, manejar a los artistas y sus músicos, en fin, el trabajo de campo. Como dice mi marido, que fue militar, yo era la infantería en esa guerra.

—¿Trabajaste, creo, con Avelino Pozo?

—Por supuesto, y por muchos años, más de diez o doce. Pozo era un cubano, nacido en La Habana, murió recientemente de un tumor cerebral que lo hizo sufrir mucho, que se enamoró de Nueva York y de Puerto Rico. Era un *as* como *manager* de artistas y promotor. Le decían en todas partes El Embajador de la Salsa, porque llevó sus espectáculos y artistas desde Miami, Ciudad México y Chicago hasta Tokio, Australia y Nigeria. Yo, aunque peleaba mucho con él porque Avelino no tenía un carácter fácil, y la verdad es que yo tampoco —hace dibujitos con tinta roja en la enorme agenda blanca mientras

habla conmigo—, lo respetaba como un maestro y debo decirte que le debo mucho, y creo que Frankie también le debía una buena parte de su rotundo éxito.

—Sí, era una especie de mito en la industria.

—Claro que lo era. Mira, el artista viene con el talento que Dios le dio, y Frankie lo tenía para regalar, pero sin los *managers*, los promotores musicales, la gente de los medios, los compositores, los músicos, en fin, con todos los desconocidos que tienen que ver con el negocio, incluyéndome a mí, que tengo un poquito de ego, tú sabes, las cosas a veces se tuercen. ¿Cuántos buenos artistas, sin importar de donde, se han frustrado por no haber sido adecuadamente gestionados o porque cayeron en malas manos?

Le doy la razón en todo, que la tiene, y mucha. Del ego ya me di cuenta hace un rato, pero me limito a esbozar una sonrisa.

—¿Por cuál país comenzamos?

—Por uno que está aquí al ladito de nosotros, la República Dominicana. Comienzo por esa isla porque no fue en la nación que más pegó Frankie. No te olvides que los dominicanos son más merengueros que salseros, y los salseros, como Johnny Pacheco, se mueven más en Nueva York y en la nutrida comunidad dominicana de aquí de Puerto Rico. Pero eso no quita para que le hubiera ido muy bien en Quisqueya. Frankie estuvo allí por lo menos tres veces y se le organizaron presentaciones en la televisión, sobre todo en el programa *Caribe Show*, el más importante y el de más audiencia en los años ochenta y noventa en toda la República. Se transmitía por los canales 4, 5 y 12 de Radio Televisión Dominicana (RTD). Las canciones que más gustaron allí, y que todavía se escuchan, fueron «La cura», «Para darte fuego» y «Tú me vuelves loco». Frankie, te lo aseguro, se sentía muy bien allí, aunque… —Se queda pensantiva—. Yo creo que Frankie se sentía bien en donde lo quisieran, y todo el mundo en Dominicana lo quería de verdad.

—Frankie era un buen muchacho, todo el mundo está de acuerdo en eso.

—Demasiado bueno para un mundo tan complicado, me parece. Pero vamos a seguir. —Se levanta para preparar un par de cafés de cartuchos, esas vainas modernas que imitan el café que hacía mi mamá, y a veces, aunque me duela decirlo, lo superan—. Vamos al continente, a Colombia. La primera vez que Frankie estuvo allí fue en 1982 con la orquesta de Tommy Olivencia. Fueron, junto con

muchos otros artistas caribeños, a inaugurar el Primer Festival de Música del Caribe que se celebraba en la ciudad costeña de Cartagena de Indias, de la que por cierto, me quedé enamorada para siempre.

—Yo también amo a Cartagena, me recuerda mi ciudad de origen. Me parece que ese festival ya no se celebra.

—Pasa como con todas las cosas buenas, que se acaban un día. Te cuento brevemente su historia. El cartagenero Antonio, el Mono Escobar y el neoyorquino, hijo de españoles, Paco de Onís, los conocí personalmente a los dos, bohemios de altura que gustaban de parrandear con los amigos acompañados de una casetera con buenas bocinas y un maletín lleno de casetes de música dominicana, haitiana, puertorriqueña, sones jíbaros, cumbias calientes, porros, sones orientales, en fin, música caribeña de la buena, se les ocurrió una noche inolvidable, los tragos calientan las ideas, tú sabes, inventar ese festival. Dicho y hecho, pusieron entre los dos una plática, buscaron algunos patrocinadores y contactaron al maestro Alejandro Obregón, un pintor colombo-español que vivía en Colombia desde los seis años de edad, para que diseñara el afiche y la propaganda. Y un año después el Compagne Folklore de Haití, el grupo Gaviota de Costa Rica, el Beli's Combo de Martinica, el cantante Freddy MacGregor de Jamaica, el Ballet Folclórico nacional de Panamá y la orquesta de Tommy Olivencia con Frankie Ruiz, que le dio el perfil salsero al asunto, estaban inaugurando, y con tremenda concurrencia, el primero de esos muy recordados festivales.

—¿Pero Frankie fue otras veces a Colombia?

—Muchas veces. Se presentaba en la televisión de Bogotá y cantaba en diversos *clubs* y salas de fiesta de altura, como el famoso Keops Club. También visitó un par de veces las ciudades de Cali y Barranquilla. La salsa romántica, y por qué no decirlo, la erótica, de Frankie, la solicitaban lo mismo los de abajo, el pueblo, que los de arriba, los de los clubs exclusivos. Y eso me consta personalmente. En Colombia, quiero que sepas, pegó muchísimos éxitos y se le recuerda con entrañable cariño.

—En Venezuela, según me contaron, tuvo un problema.

—No fue Frankie el del problema, aunque su nombre se vio envuelto en el asunto. A estas alturas, yo no sé realmente lo que pasó, es que no parábamos de un lado para otro, Frankie ya había visitado

el país en 1981 como cantante de Tommy Olivencia. Luego, ya en su época como solista, por alguna razón aún desconocida, atribuida más bien a algún trámite de tipo administrativo, Frankie Ruiz no pudo hacerse presente en un publicitado concierto en Caracas, por ese motivo no fue contratado durante mucho tiempo, aunque estaba pegado en Latinoamérica.

Cuando esa borrasca promocional pasó, unos cuántos años después, a principios de los 90, Frankie, ya como solista, cantó para su público en el estadio, ubicado prácticamente frente al famoso Poliedro de Caracas. Fue en un evento con la participación de varios artistas y que al parecer no tuvo la mejor promoción.

—Tengo entendido que Frankie, pasara lo que pasara y se sintiera como se sintiera, cumplía con sus contratos y su público.

—A diferencia de otros famosos, Benny Moré y Héctor Lavoe, grandes entre los grandes, son los impuntuales que siempre se mencionan de ejemplo entre los nuestros, Frankie Ruiz, aunque no hubiese dormido la noche anterior, cosa que ocurría con bastante frecuencia, estaba parado delante del micrófono a su hora y con la mejor cara posible. Eso nadie puede negarlo. Incluso en los años finales, cuando ya había ganado bastante, o mucho, dinero y hasta la imagen de muchacho modesto, que siempre en realidad fue, le había cambiado un poco por las cadenas de oro y anillos caros y cosas así que se ponía encima. Cuando la mala vida y la enfermedad comenzaron a notársele, hay una foto por ahí, para mí muy triste, donde está con Avelino Pozo y se le ve a Frankie, a pesar de la sonrisa, la amarillez en la piel y en los ojos producto de la ictericia, él seguía insistiendo, llegaba a ponerse bravo de verdad, en qué todo el mundo fuera puntual, y daba él mismo el ejemplo. No recuerdo un solo caso en que quedara sin cumplir un contrato, lo de Venezuela fue otro problema, o dejara plantado a su público por su vida de bohemio, ¡ni uno solo!

—¿Cuéntame de Panamá?

—Panamá fue una de las grandes plazas fuertes de Frankie. Fue el país que más veces visitó durante su carrera y también un lugar donde tuvo una relación musical muy productiva. No te olvides que «Mi libertad», uno de los grandes éxitos de Frankie, fue escrita por dos panameños, Pedro Azael y Laly Carrizo.

—No fue la única. —expreso.

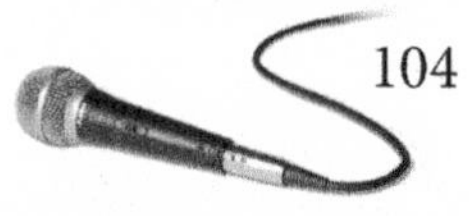

—Que va, Azael escribió para Frankie varias canciones más y hasta Omar Alfanno, ya al final, comenzó a escribir para él. —Me pregunta si quiero más café y le digo que sí, que está bueno de verdad, a diferencia del habitual café de oficina que le ofrecen a uno por ahí . Se levanta nuevamente a hacerlo no sin antes alcanzarme una botella de agua que, cosa curiosa, tiene el logo de su compañía, todo un detalle.

—La primera visita de Frankie Ruiz a Panamá fue tan temprano como en 1980, cuando todavía cantaba con La Solución. Si buscas, encontrarás videos de la televisión panameña de esa época con Frankie cantando «La rueda», «Separemos nuestras Vidas» y «Bartolo». Ya un poco después de separarse de La Solución comenzó a ir al país canalero con la orquesta de Tommy Olivencia.

—¿Y ya de solista?

—Pues siguió yendo. Fue montones de veces. Que yo recuerde, pero pueden ser más, estuvo en el 86, en el 87, en el 93 y en el 95.

—¿Quién lo invitaba? —pregunto, sin soltar de mis manos, la libreta de notas.

—A Frankie se lo disputaban muchos promotores y empresarios. Pero en 1986 lo lleva por primera vez como solista el reconocido promotor panameño Jimmy Dawson, amigo entrañable y alumno, él mismo lo dice, de Avelino Pozo. Jimmy se las gastaba todas con Frankie, lo alojaba, a él y a sus músicos, que con Frankie no había discriminación posible, en el Gran Hotel Soloy, ubicado en lo que hoy es el casco viejo de la ciudad. Uno de los mejores hoteles de entonces. Dawson trabajaba también en ese tiempo en Telémetro Canal 13 con lo que las puertas de la televisión estaban abiertas para Frankie. Para la época de los Carnavales, Canal 13 presentaba unos proyectos semanales que se llamaban Hot Control, que se hacían los domingos en los puntos populares de la ciudad de panamá y otras provincias. Allí Dawson era el encargado de la parte musical en esos programas. Era el responsable de armar el menú artístico los domingos. Y por tal motivo, Frankie fue asiduo de programas de mucho impacto como: *Sabor Latino* y *Salsarengue.* Jimmy, que había comenzado como locutor en los ochenta, sabía, sabe, mucho de todo eso.

— ¿Pero Frankie era rentable?

—Pues claro, que en este negocio no hay favores. Lo que ocurre es que, a pesar de eso, de lo que ganan, algunos promotores tratan

de arañar, de lo que corresponde al artista, todo lo que puedan y ahí es donde nos tocaba pelear y pelear a nosotros. Pero en el caso de Jimmy Dawson no era así. El ganaba dinero, por supuesto, pero trataba con justicia y respeto a sus artistas. Por cierto, te cuento que la competencia entre las cadenas televisoras panameñas terminó por dañar la calidad de los carnavales de la capital, que eran muy famosos en ese entonces, pues se ofrecían, con tal de ganar *rating*, muchos espectáculos gratuitos que bajaban el nivel de las grandes veladas exclusivas.

—¿Y dónde más cantó Frankie en Panamá?

—Actuó en tantos lugares que no puedo acordarme de todos. En el Club de Yates y Pesca de la ciudad de Panamá, un lugar de mucho copete, en el Gimnasio Nuevo Panamá, en el programa TVN Panamá, en las tómbolas del Parque Urraca, en las fiestas del Distrito de La Chorrera, en la provincia de Panamá Oeste, un lugar, por cierto, donde la Cumbia Chorrearana y el Punto predominan casi absolutamente, pero donde curiosamente la salsa siempre ha gozado de gran aceptación.

Y trabajó en muchos otros lugares, fiestas, *clubs de fans*, homenajes, para que te cuento. Las canciones de Frankie que hicieron furor en Panamá, que se oían en la radio día y noche, fueron «Mi libertad» y «Bailando», lo que no quiere decir que las otras no pegaran.

—Un trabajo durísimo.

—Y dilo. Mira, un artista famoso, y Frankie lo era, está sometido a presiones muy difíciles de imaginar para una persona con una vida normal. Ese exceso de trabajo, a veces dos y tres bailes en una noche después de un día de radio y televisión, canta que te canta y habla que te habla, lleva, casi inevitablemente, al consumo de estimulantes, y de aquí al alcohol y de este a las drogas duras. Añádele a eso los amigotes, los panas, los presentaos, que vienen como abejas al panal por el dinero fácil, los regalos, por las bebidas y comidas gratis. Luego vienen las chicas, y Frankie era un imán para eso. —Pone los codos sobre la superficie de cristal del escritorio y el mentón descansando sobre los puños—. Quizás hayas oído hablar de la muchacha que le rompió el *ticket* del pasaje de regreso cuando estaba en Perú, pues bien, cosas así pasaban todos los días, y Frankie era un joven enamorado, enamoradizo más bien, con muy poca maldad para los entresijos de la vida.

—Sí, me han contado esa anécdota.

—Una de tantas. Piensa en la cantidad de artistas que lo tenían todo y han terminado devorados por la fama y el dinero.

—De Elvis a Michael Jackson, de Héctor Lavoe a Whitney Houston, de Janis Joplin a Jimi Hendrix, de Amy Winehouse a José José, y para qué seguir.

—Así es, y lo peor es que Frankie tenía un corazón de oro y un umbral muy alto para detectar a los chupadores de sangre. No sé si has oído la anécdota que hace su hijo de cuando le regaló los zapatos a un muchacho de la calle y hubo que ir corriendo a comprarle otro par a él para que pudiera presentarse en el *show de Don Francisco*. Ese era Frankie, ese era su corazón, y en parte eso le costó la vida. Y no es que diga que ser malo sea lo correcto, para nada, pero ser tan buena gente, tan abierto, tan dadivoso también tiene un precio. —Suspira—. Bueno, vamos a poner eso a un lado y seguir con nuestro recorrido.

—Nos toca ahora, me parece, el Perú.

—Exactamente. Al igual que un año antes en Panamá, Frankie Ruiz llegó al Perú, cuando todavía desconocía la fama que vendría después, en 1981, como cantante de La Solución. Fueron al fiestón de la famosa Feria del Hogar, un evento que se realizaba anualmente con motivo de las Fiestas Patrias del mes de julio y que ya no es ni la sombra de lo que fue en los tiempos de Frankie. —Se reclina nuevamente en su sillón—. Tocaron y cantaron en el Gran Estelar, un pabellón habilitado al efecto, lleno a reventar de un público sorprendentemente entusiasta y que para asombro nuestro ya conocían, y tarareaban, muchas canciones de Frankie. Luego fueron a presentarse a América TV del Perú, Canal 4. Quiero decirte que en Perú surgió un movimiento salsero desde inicios de los años setenta, y ya cuentan con un público apasionado y destacados salseros.

—Y volvió muchas veces, o eso me han dicho.

—El promotor peruano Abraham Torres Capurro, probablemente el pionero del movimiento salsero del país inca, llevó a Frankie en 1986 para la despedida del año. El animador de esa noche fue el locutor estrella Yolvi Traverso, que lo presentó en el gran local que se llamaba *La Esquina del Movimiento*, situado en Raymond y Paseo de La República, en pleno centro de la capital, Lima. Se hizo una conferencia de prensa previa en el Hotel Bolívar, que quedó

muy bien, pero, y puedes asombrarte, Frankie nos confesó después que nunca en su vida había estado presente en una cosa así. Después hizo algunas presentaciones privadas para sus *fans* y luego se tomó un descanso muy breve, era un ser humano joven, no lo olvides, en El Callao, conocido comúnmente como el Puerto de Lima porque allí funciona todo el sistema portuario de la ciudad y tradicionalmente es el sector de todo Perú, dónde mayor arraigo hay por la salsa. Es considerado la zona más salsera de todo el país y sitio obligado de visita para los distintos salseros del mundo.

Frankie estaba pegadísimo en la radio peruana y se llevó de allí, además del cariño de todo el mundo, un disco de oro, que se entregó oficialmente en una transmisión especial de WAPA TV de Puerto Rico.

—Creo que en Perú le pusieron un mote.

—Eso fue en el 87, cuando se presentó en el local *La Máquina del Sabor*, en la Avenida Venezuela de Lima. Le llamaron El timbre vocal que ha revolucionado el mundo salsero. Imagínate lo contento que estaba Frankie. Todavía la gente de por allá se acuerda de eso. Hizo un mano a mano con la Perú Salsa All Stars de César Loza, una de las buenas agrupaciones salseras del país. Perú significó mucho para Frankie y para todos nosotros.

—Nos queda Europa.

—En buena ley nos quedaría también Estados Unidos, pero no me voy a meter en eso, que aunque boricua de corazón, Frankie nació allí. Si te adelanto que en el 93 se presentó en el Festival de la Calle 8 de Miami y arrasó.

—Tengo entendido que Frankie cantaba en inglés y lo hacía bien, lo que prefería a todas luces el español.

—Busca la interpretación salsera que hizo de «I Can't Get No» (*Satisfaction*), pieza cumbre de los Rolling Stones, que hizo en versión salsa para el álbum *La Rodven Machine Caliente*, una recopilación donde participan varios grupos y cantantes. Vas a escuchar un Frankie sorprendente, te lo aseguro.

—Lo haré, por supuesto.

—Continuemos. Frankie se presentó en tres ciudades europeas. En Zúrich, en 1995, en un concierto en el Bandiera Azurra de Milán y dos veces en Tenerife en 1992. Fue el primer salsero en presentarse, y con extraordinario éxito, en este territorio atlántico español.

—Hace una pausa, bebe agua, se queda como meditando, exhala aire y asevera—. Te voy a decir que legado dejó esa visita a territorio español:

En julio del 2004, Frankie llevaba 16 años de muerto, ocho mil espectadores participaron, en el recinto ferial de Santa Cruz de Tenerife, en el homenaje *Va por ti, Frankie*, en el que intervinieron los músicos y cantantes: Adalberto Santiago, Roberto Torres, Caco Senante, Tito Allen, Lalo Rodríguez, Paquito Guzmán, Luisito Carrión, José Alberto *El Canario*, Luis Enrique, Servando y Florentino, Tommy Olivencia y Frankie Ruiz, junior, el hijo de Frankie. Todos cantaron arreglos de éxitos de Frankie Ruiz, acompañados por la orquesta Son Iya, integrada por músicos de Islas Canaris, Venezuela y Cuba y dirigida por el arreglista puertorriqueño Ramón Sánchez. La viuda de Frankie, Judith Vázquez y el hijo de ambos, agradecieron sentidamente el homenaje del pueblo canario. También Avelino Pozo recibió, de manos del artista canario Caco Sonante, una placa conmemorativa por su trabajo de tantos años junto a Frankie y muchos otros artistas. Los presentadores de ese bonito espectáculo fueron Jessie Ramírez, Carlos Sánchez, Pili Navarro, Alex Rudolph, Miriam Aguiar y Miguel Ángel Trujillo. Víctor Sonny, el destacado técnico de ediciones y mezclas salseras en Puerto Rico, grabó el evento y hoy puedes escucharlo completo en CD o DVD. Creo que, si no completo, algunos fragmentos se pueden ver en YouTube. ¿Qué te parece?

—¡Qué tenía que haber conversado contigo mucho antes! Oye, no sé cómo agradecerte el tiempo que me has dedicado y el café especial al que me has invitado.

—Y yo no sé cómo agradecerte que me hayas hecho recordar tantas cosas bonitas. Recordar, es volver a vivir. Es... volver a nacer.

21

Vuelvo a nacer

Desde la capital, San Juan, por la autopista # 2. Entro al pueblo de Isabela con viento fresco y un ligero ánimo, manejando mi pequeño auto y disfrutando del bellísimo paisaje, mar a la derecha, montañas a la izquierda, Isabela está asentada sobre la estrecha planicie aluvial del norte de Puerto Rico que mira a la costa atlántica, unas cuantas millas, alargadas por las lomas, al noreste de Mayagüez, nuestra ya bien conocida Sultana del Oeste. No puedo pasar por alto que, un poco más lejos hacia el oeste, ya sobre el borde mismo de la Isla del Encanto y camino de Mayagüez, siguiendo la ruta de la # 2, está Aguadilla.

Aguadilla es la ciudad costera donde en 1892 vino al mundo don Rafael Hernández Marín, conocido como el Jibarito, el inagotable y exquisito músico y compositor de más de dos mil quinientas piezas y composiciones musicales del repertorio puertorriqueño, latinoamericano y mundial, entre ellas: «Silencio», «Capullito de alelí», «Madrigal», «Perfume de gardenias», «Campanitas de cristal», «Cachita», «Buche y pluma na má», «Desvelo de amor», «El cumbanchero», «Ahora seremos felices», «Congoja», «Lo siento por ti», «No me quieras tanto», «Ausencia», «Canción del alma», «Traición», «Enamorado de ti», «Malditos celos», «Dos letras», «Tu no comprendes» y esos dos rotundos himnos del pueblo y la identidad nacional puertorriqueña que son «Preciosa» y «Lamento borincano» —conocida por todo el mundo como «El Jibarito»— dos composiciones que han sido, y siguen siendo interpretadas por un sinnúmero de cantantes, músicos, concertistas, bandas y orquestas de todo el orbe. Rafael Hernández ostenta el raro mérito de que muchas de sus canciones sean consideradas cubanas por los cubanos, mexicanas por los mexicanos y así sucesivamente.

Volvamos pues a mi actual viaje.

Es domingo muy de mañana y el sol, todavía bajo a mi espalda, alumbra un cielo claro, radiante, aunque en el estrecho de la Mona, hacia el poniente, precisamente frente al curvo saliente costero de Aguadilla, se van formando cúmulos de color gris oscuro que presagian una tarde tormentosa.

Muy cerca del expreso, sobre la calle marginal sur, avisto lo que busco. Un edificio circular de techo en semicupula, de gran alzada, pintado todo de blanco encalado, con una cruz enorme, también blanca, que se yergue, como un gran mástil, a un costado, y un local rectangular, mucho más chico, de oficinas y recibo de visitantes adosado a la parte trasera. El parqueo de autos rebosa de vehículos. Las soberbias bocinas de última generación dejan escapar al exterior, lo percibo desde el asiento de mi automóvil, un ritmo *pop* que, de no aguzar uno el oído en la letra, puede perfectamente confundirse con música popular laica. Pero sin importar el género, basta dejarse ganar por ella, es muy buena música.

El recinto es grande y la feligresía es numerosa, colorida y muy motivada. Gente trabajadora y retirados en su mayoría, aunque los adolescentes y jóvenes abundan, que acuden a encontrarse con su dios en el día de descansar el cuerpo.

Pero mi visita no tiene por finalidad asistir a la ceremonia religiosa, bulliciosa y vibrante por demás, sino entrevistarme brevemente con el padre del pastor de la comunidad, el mismo que conoció, en su momento la conversión de Frankie Ruiz al cristianismo activo y practicante; así como de la grabación de esa pieza cantada que hoy forma parte de la fascinante historia de la música boricua: «Vuelvo a nacer».

La primera estrofa de la canción de marras, escrita por la compositora Miriam Valentín, esposa del eterno productor musical de Frankie, Viny Urrutia, dice:

Tantos años vividos perdidos pasaron, pero eso fue ayer. / Entre nubes oscuras estuve cautivo más de una vez / y es que hoy me di cuenta que importante es la vida. / y doy gracias a Dios.

Un soberbio poema a la vida hecho canción.

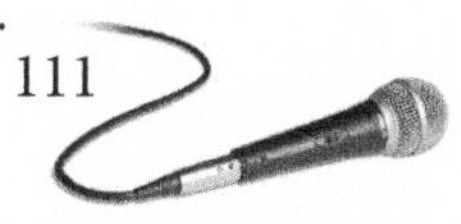

Y precisamente de esas *nubes oscuras* que envolvieron a Frankie Ruiz más de una vez, he de conversar con el Reverendo. No hago más que entrar y me pasan con prontitud a un saloncito en la parte trasera del moderno anfiteatro, lleno a rebosar de fieles, no sin antes asomarme brevemente a una entrada posterior del recinto principal donde una banda de jóvenes músicos interpreta, esta vez en vivo, con entusiasmo y profesionalismo, una balada, que no por religiosa, deja de ser pegajosa y modernísima.

—Está en la casa de Dios, que es también su casa. Bienvenido, caballero —me dice con campechana amabilidad y me señala una cómoda butaca de cuero marrón—. No gozaremos, y le pido disculpas por eso, de un ambiente silencioso. Hoy es domingo, día del Señor, pero sí disfrutaremos, se lo aseguro, de un ambiente bendecido.

Agradezco encarecidamente su amabilidad, le señalo lo acogedor del ambiente y me dispongo a no robarle mucho tiempo, teniendo en cuenta que probablemente desee participar de la ceremonia que se desarrolla, pared por medio, a pocos pasos de nosotros dos.

—Estoy empeñado en conocer aspectos de la trayectoria vital de Frankie Ruiz y sé que usted tuvo algo que ver en su transformación religiosa hacia el final de su vida. —Trato de ser lo más conciso posible, aunque la actitud abiertamente positiva de mi anfitrión me anima a continuar la conversación—. Valoraría mucho su versión de esos eventos.

—Me complace hacerlo, lo que sucedió con Frankie, me hace siempre recordar uno de los proverbios contenidos en la Biblia, que puede ser uno de mis favoritos. —Toma el sagrado libro y me lee con voz mansa un segmento que noto, tiene señalado con resaltador: «El que oculta sus pecados, no prosperará, pero el que los confiesa y se aparta, alcanzará misericordia».

—Frankie murió demasiado pronto, me parece —digo.

—Mire, cuando nos negamos a admitir nuestros errores, lo que hacemos es perder la oportunidad de aprender. Por lo general es lo que hacemos, no admitimos que andamos por el mal camino, es parte de nuestra naturaleza, pero a lo que Dios nos invita, es a comenzar de nuevo. Lo más sabio luego del fracaso, es ser sincero. No sé de dónde sacamos esa idea de fingir que somos perfectos, ningún hombre ha alcanzado la perfección.

Hago un gesto de aceptación con la cabeza y viene a mi mente la segunda estrofa de la composición que me ha traído hasta aquí:

Vuelvo a nacer. / Hoy comprendo lo errado que estaba, pero eso fue ayer. / cuando anduve perdido por malos caminos una y otra vez. / Y es que hoy me di cuenta que importante es la vida / y doy gracias a Dios. / Vuelvo a nacer.

—Su voz, digo, por culpa de la enfermedad, ya no era la misma de antes. Suena más ronca, más áspera, aunque nunca perdió la afinación. Duele escuchar el gran esfuerzo que hace para cantar bien, a la altura de su fama, una pieza de tanta calidad.

—Por encima de todo, Frankie era un artista..., un artista completo —me dice con calma y con la seguridad de quien sabe muy bien lo que habla—. Nadie mejor que el mismo Frankie para comprender que estaba perdiendo facultades aceleradamente. Pero la fe recién adquirida lo sostenía en esa lucha interna contra lo que se le venía encima. Dios adopta a los que nacen de nuevo, como a sus hijos, no importa cuántos graves errores haya cometido en su vida, si demuestra arrepentimiento confesándolo a Dios y cambiando de rumbo, Dios lo acepta y experimenta el nuevo nacimiento.

Ahora rememoro la canción:

Vuelvo a nacer. / Cada día que pasa recuerdo el pasado, pero eso fue ayer. / Cuando anduve contigo por malos caminos más de una vez. / Pero hoy me di cuenta que importante es la vida. / Y doy gracias a Dios. / Vuelvo a nacer.

—Sigue así la pieza y, en efecto, algo así estaba ocurriendo en la mente de Frankie. Algo que no lo devolvería, lamentablemente, al arte, pero que le brindaría paz interior.

—Fue la última pieza que cantó en público —comento.

—Estuve presente esa noche y no puedo olvidarla. Hizo lo imposible por cantarla, el público se la pedía a gritos, en su última aparición, el 11 de julio de 1998, en un Madison Square Garden de Nueva York repleto. Comenzó a cantar «Vuelvo a Nacer» y no pudo continuar. Su hermano Viti Ruiz, fue el que la terminó de interpretar y todo el mundo, sabiendo que era el final, ovacionó a Frankie hasta el delirio.

—¿Tiene que haber sido muy duro para sus fans y muy duro para él?

—Por supuesto. Pero mire, Frankie no era un hombre acosado por la desesperación, tenía un grado de aceptación tremendo, hombre sencillo, de pueblo, con una cierta paz interior que irradiaba, que tocaba, no sé cómo explicarlo, a los más cercanos a él. Cualquier otro le diría que Frankie emitía buenas vibraciones. Yo prefiero atribuirle ese don al Señor. Por eso su tránsito hacia la otra vida, que se hizo inminente, inevitable, después de esa noche tan alegre y tan triste al mismo tiempo, estuvo rodeado de paz y buena voluntad. —Su capacidad de convencimiento se impone—. Contrariamente a lo que ocurre con otros famosos, no hubo estridencias en los últimos días de Frankie, solo aceptación con esperanza y paz, una gran paz.Esa paz que sobrepasa todo entendimiento.

—Paz. Sí, creo que la palabra que más se repite para definir los últimos momentos de la vida de Frankie Ruiz es paz —digo a modo de reflexión y pienso en las ultimas estrofas de «Vuelvo a nacer», la asocio con esa paz de la que me habla el Pastor:

Vuelvo a nacer. / Cuando nadie creía, cuando ya no existía ni esperanza ni fe. / Vuelvo a nacer. / Fue un milagro divino, encontré ya el camino y desperté. / Vuelvo a nacer. / Cuando ya no existía ni fe ni esperanza. / Yo desperté. / Hoy me di cuenta que linda es la vida. / La disfrutare. / Gracias te doy Dios mío, mil gracias.

—Después del homenaje a Frankie en el Madison Square Garden de Nueva York, ya solo le quedaban unos pocos días de vida, ¿no es así?

—El homenaje fue el once de julio, como ya le dije, y Frankie parte, a su encuentro con el Señor, el nueve de agosto.

—Y según me han explicado, esos pocos días los pasó, casi todos, recluido en el hospital. El tratamiento no era curativo, solo de sostén.

—Así fue. Pero a pesar de lo mal que se sentía, de lo destruido que se encontraba físicamente, hizo el tiempo para despedirse de nosotros, sus amigos, familia, fanáticos, y de su pueblo puertorriqueño —añadió una voz conmovida.

—¿Creo que incluso se despidió de todos por la radio?

—Tengo la grabación completa de esa despedida. —Me sorprende con lo que me cuenta—. La hizo el tres de agosto en la mañana,

desde su cama de enfermo terminal en el hospital, a una emisora de acá de la isla. Lo invito a escucharla, si usted así lo desea.

—Me gustaría, claro que me gustaría, si no le ocasiono molestias con eso.

—De ninguna manera. —Se pone de pie y me invita a pasar a su pequeña oficina, justo a un costado de donde estamos ahora—. Es un gusto para mí escuchar junto a usted esa breve grabación.

Se detiene un momento en la puerta de la oficina y me habla con la sinceridad del convencido.

—Y mire, escucharla otra vez fortalece mi fe en el Creador, escuchar a un hombre, un muchacho más bien, herido ya por la muerte, demostrar ese valor que solo la fe en Dios y su promesa de la vida eterna nos puede dar, gracias al sacrificio de Cristo en la cruz.

—Asiento otra vez.

—No esperaba obtener tanto de esta visita —le digo.

—Venga conmigo.

Busca entonces un viejo casete, una reliquia, sin dudas, en un librero de madera y puertas de cristal perfectamente ordenado. Pasa rápidamente un dedo por las etiquetas prolijamente rotuladas. Encuentra lo que busca y lo introduce en una vieja casetera que obviamente conserva para escuchar estas añejas grabaciones.

—Debo regrabar estos casetes en soportes más modernos, ¿no cree? —me dice con una sonrisa cómplice—. Pero es que siempre, por una cosa u otra, en fin, usted sabe, que el tiempo es corto.

—Es que la tecnología cambia todo el tiempo y nos va dejando atrás —comento el resobado tópico por decir algo.

Aprieta la tecla de *on*.

—Escuche, escuche a Frankie.

Obedezco y escucho entonces la voz gastada, herida, como en sordina, pero inconfundible de Frankie Ruiz viniendo desde el pasado:

Quiero hacerles saber que ustedes, mi Puerto Rico querido, han sido para mí una gran inspiración y que a pesar de ser como soy, los llevo en mi corazón. A mis panas, a mis amigos y a todos mis seres queridos, los quiero mucho. Les doy las gracias por todo el apoyo dado en mi carrera. Que todo Puerto Rico me ayudó a estar en la cima del éxito, que no hay palabras para expresar toda mi alegría y todo mi agradecimiento. Gra-

cias a todos aquellos que me apoyaron en todo momento. Los quiero mucho. Suerte. Que Dios los bendiga y a mi lindo Puerto Rico y a mi bella gente del barrio. Con ustedes me voy en el corazón y con ustedes queda mi música que es lo más que les pude dar. Gracias Puerto Rico. Con ustedes de corazón y que viva la salsa y que suene el timbal y no pare de sonar. Los quiero mucho. Hasta luego.

—¡Ha dicho hasta luego, y es verdad! Cuando este cielo y esta tierra pasen, nos volveremos a ver. —Se emociona. Nos emocionamos ambos.

22

Enfermedad y muerte

La entrada principal del enorme University Hospital, un centro médico polivalente de alrededor de 700 camas, adyacente al Rutgers Biomedical and Health Sciences Newark Campus en la ciudad de Newark, New Jersey, se encuentra ubicada en el 150 Bergen Street, una recta y relativamente amplia avenida de tránsito automovilístico muy movido y ocupada a ambos lados, por lo menos, en siete u ocho manzanas, por edificios médicos y de investigación biológica de todo tipo. Un conglomerado de ciencias médicas y de la salud activo a toda hora, como un panal de abejas, y considerado, además, como centro de referencia internacional.

Y dentro de lo bueno, lo mejor. Aquí se encuentra el Sammy Davis Junior National Liver Institute, el centro de tratamiento e investigaciones hepáticas y de los conductos biliares, donde el 9 de agosto de 1998 se apagó, lamentable y definitivamente, la melodiosa y afinada voz de Frankie Ruiz.

Frankie murió, paradojas de la vida, a unas quince millas, menos de media hora de camino con el tránsito a favor, del hospital en Paterson donde nació. Aquí se cerró para siempre, en un *loop* trágico, y solo cuarenta años justos después de su nacimiento, el ciclo de vida de este hombre al que le quedaba, sin la menor duda, mucho por ofrecernos. Pero con lamentarnos no lo traemos de vuelta, así que tratemos de ahondar un poco en las causas de su prematuro fallecimiento para ayudar a prevenir, si es posible, la desgracia de otros.

Arribo al edificio B de consultas médicas con tiempo de sobra para no ser, de ninguna manera, impuntual. Con los grandes centros médicos me pasa como con las catedrales, que me inspiran a pasar

inadvertido y en el mayor silencio posible. No me sorprenden, pero no deja de admirarme, el orden y la extremada limpieza y modernidad del lugar.

La secretaria personal, una mujer madura y exquisita en su trato, pero inflexible con los extraños que ella intuye le hacen perder tiempo a su jefa, según aprecio, me conduce casi inmediatamente a presencia de la doctora. Es actualmente jefa del departamento de hepatología clínica y trasplantes hepáticos del hospital general y profesora del centro universitario. Me siento, no lo niego, un poco cohibido y aciscado penetrando en este mundo tan ajeno al de la música y la barahúnda salsera popular donde me he movido hasta ahora.

La presencia de la profesora, delgada, esbelta, elegante sin amaneramientos, extremadamente sobria, con el pelo muy corto y canoso natural, sin asomo de tintes o tratamientos de belleza, impresiona, pero al mismo tiempo transmite una seguridad en sí misma y brinda una confianza del todo inesperadas. Me sonríe sin despegar los labios y me invita, con un gesto parco de su estilizada mano derecha, a sentarme en una butaca frente a ella. Los títulos y condecoraciones que tapizan las amplias paredes, son decenas, invitan a la fuga, pero respiro profundo y me quedo quieto, rígido, como un mueble más.

Teclea algo, muy breve, en su computadora de mesa colocada a la derecha, hace un gesto de complacencia y se gira hacia mí en su comodo sillón de oficina de cuero negro y precio probablemente fuera de mi alcance.

Espero disciplinadamente a que hable ella primero y…

—Me acuerdo del señor Frank Ruiz —me dice sin preámbulos y me toma completamente de sorpresa—. Lo único que podíamos haber hecho por él para salvarle la vida era un trasplante hepático, pero estamos hablando de hace veinte años, y eso entonces no era tan factible como ahora.

—¿Se acuerda usted de Frankie? —Debe notar la cara de perplejidad que pongo.

—¡Claro! —Ahora sonríe con más amplitud—. Guardo memoria de casi todos mis pacientes, sobre todo de aquellos por los que he luchado y al final no he logrado vencer a nuestra sempiterna rival, la muerte. Eso es duro, ¿sabe?, pero es nuestro trabajo. —Me hace entonces un guiño malicioso—. Y no lo parezco, pero tengo algo de

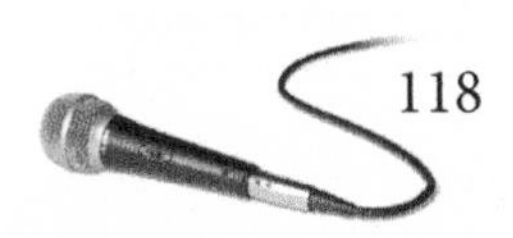

sangre latina y bailo, o mejor dicho, en esa época bailaba... incluso chachachá y salsa.

—¿Usted tiene que haber sido muy joven entonces? —le digo de pronto sin pensarlo y ya es tarde repararlo.

—¿Por casualidad me está llamando vieja?

—¡No, no, que Dios me perdone!, no quise decir eso, quise decir..., bueno, quise decir... todo lo contrario. —Me sonrojo como un niño atrapado en una travesura, y no lo niego, es que esta mujer tan segura de sí misma me desconcierta—. Pero..., pero es que hace veinte años, como usted misma dijo, de la muerte del cantante. Me callo antes de seguir diciendo tonterías.

Parece divertirse con mi turbación, aunque no lo expresa con palabras.

—Mire, en ese tiempo yo era una simple residente de hepatología, y el señor Ruiz, aunque las decisiones clínicas importantes dependían de mis profesores, estaba bajo mi cuidado directo. —Su mirada ahora me tranquiliza un poco—. Ruiz era un muchacho agradable, cariñoso, que parecía más joven de lo que era en realidad, y... —Piensa lo que va a decir—. Lo que más me impresionó de él, fue que no le pedía demasiado a la vida. Sabía que estaba herido de muerte, pero solo se atormentaba por su familia, por sus hijos, por sus hermanos, y lo más increíble de todo, por lo menos para mí, penaba por su público, por sus fans, que eran muchísimos y se preocupaban por él y por su salud. ¿Cómo piensa que puedo olvidar a un paciente así?

—No sé qué decirle. Usted me deja sin palabras.

—Ah, ¿por qué? Nosotros los médicos, aunque aparentemos ser muy duros, somos también humanos. —Hace un mohín pícaro y retoma de vuelta su fachada de profesora y jefa—. Pero usted no vino hasta aquí para hablar de mí, ¿no es cierto?

—Realmente, vine para saber un poco más sobre la enfermedad que le aquejó, y las causas de la muerte de este muchacho, de Frankie Ruiz.

—Pues vino al lugar correcto. —Se ajusta sus pequeños y coquetos lentes metálicos sobre el puente de la nariz—. No voy a darle muchos detalles personales, eso no sería correcto de mi parte, pero voy a explicarle en líneas muy generales lo que sé sobre este caso.

—Se lo agradezco, de verdad.

—No, no me lo agradezca, pienso que usted va a hacer buen uso de lo que le diga y quizás ayude a otros jóvenes. ¿No es así?

—Por supuesto, cuente con mi interés en eso. —Acierto y me quedo expectante.

—Verá. —Tengo ante mí de nuevo a la catedrática—. El señor Frank, o Frankie Ruiz, quizás por las presiones de su profesión, de la fama y la fortuna llegadas muy pronto, gracias a su talento musical; quizás porque en el fondo nunca dejó de ser un joven de pueblo queriendo satisfacer a todo el mundo, o porque le faltaba ese sentido de autodefensa que tienen las personas muy maduras, o por todas esas cosas juntas, cedió desde muy joven al uso desmedido del alcohol y luego de las drogas duras. —Se frota el puente de la nariz, pequeña y fina, y se ajusta nuevamente los lentes—. Hay personas que beben mucho y viven muchos años sin presentar problemas hepáticos serios, pero otras personas tienen una predisposición genética que les hace mucho más sensibles ante el alcohol. Este último, era el caso de Ruiz.

—Escucho atentamente, sin dejar escapar nada.

—Al consumir alcohol en cantidades elevadas y desde muy joven, sus células hepáticas, hepatocitos les llamamos los médicos a esas células, estaban desguarnecidas y morían en grandes cantidades producto de la intoxicación alcohólica. Esas células muertas dejan cicatrices en el hígado que comprometen la buena circulación de la sangre y a su vez comprometen la función depuradora del hígado. —Me doy cuenta que hace un esfuerzo para expresarse con la máxima sencillez posible—. Se establece, continúa, un círculo vicioso en el que a más alcohol más células mueren y al morir más células más indefensas quedan las sobrevivientes ante el ataque del alcohol. A ese proceso crónico se le denomina cirrosis hepática, y ni hace veinte años, ni tampoco ahora, se le conoce una cura efectiva, salvo abandonar definitiva y absolutamente el alcohol y luego, llevar a cabo el trasplante hepático para reemplazar un hígado que ya no solo deja de ser útil, sino que además se convierte en una fuente de nuevos problemas. ¿No sé si me he explicado claramente?

—La he comprendido perfectamente. —Trato de imaginarla impartiendo clases en la universidad. Debe ser todo un espectáculo.

—¿Y las drogas?

—Umm, las drogas. Entre las funciones del hígado está la de desintoxicarnos de todas las cosas malas que consumimos o que pro-

duce nuestro propio cuerpo, pero eso tiene un límite, y si encima de eso el hígado está ya dañado por la cirrosis, pues el cuadro empeora cada vez más rápido y cada vez más profundamente. Como ve, se establece un nuevo círculo vicioso que se hace cada vez más grave y devastador.

—¡Pero tan joven! —expreso.

—Precisamente son los jóvenes los más expuestos. Piense en esto, si se comienza a beber alcohol a los veinte años de edad, cuando se cumplen los cuarenta, el hígado lleva ya veinte años destruyéndose. Toda una vida. —Noto cierto dolor, aunque contenido por su profesionalismo, en sus ojos azules—. Y todo empeora porque las cantidades de alcohol y drogas que necesita el adicto para «sentirse bien» son cada vez mayores. Es la recompensa, el *reward*, que cada vez es menor y se hace más difícil de alcanzar.

—Tienes razón, es terrible. —Pienso en Héctor Lavoe, Benny Moré, Whitney Houston, Jim Morrison, Kurt Cobain, Amy Winehouse, Elvis, en fin, en tantos que teniéndolo todo lo, han tirado por la ventana buscando esa «recompensa».

—Hay algo más que debo explicarle. Las personas que padecen cirrosis hepática no presentan siempre los mismos síntomas. El hígado tiene que ver, de una u otra forma, con todos los mecanismos metabólicos del cuerpo, lo que afecta diferentes órganos.

—Frankie, según he escuchado, tuvo problemas pulmonares cuando todavía no se sabía que tenía cirrosis en el hígado. —Trato de decir algo, de lo mucho que se ha comentado acerca de Frankie.

—A algunos pacientes se les afectan primero los pulmones, otros sufren de la sangre, anemia y hemorragias, sobre todo, y otras graves alteraciones de los riñones e incluso del cerebro. —Me da un poco de tiempo para que procese la información—. Es por eso que el señor Ruiz ingresó, meses antes, a un hospital en La Florida con un serio problema respiratorio que afectó su voz, después perdió mucho peso y al final presentó una anemia muy grave que lo trajo aquí, y de la que no pudimos recuperarlo.

—¿Pero él trató de desintoxicarse?

—Lo intentó varias veces. —Sus ojos miran por el ventanal que da a los jardines y veo en ellos cierto cansancio ante algo muchas veces repetido y casi nunca logrado—. Según el mismo señor Ruiz me explicó, hacia el final de su vida, con mucha colaboración de su

familia y de sus verdaderos amigos, que parece ser que no eran muchos, trató de cambiar sus hábitos y dejó completamente la bebida y las drogas, pero lamentablemente las lesiones hepáticas ya eran muy extensas e irreversibles.

—¡Se despidió incluso de su público! —Acoto rápidamente sin darle tiempo a terminar la frase.

—No estoy al tanto de los detalles, pero creo que hizo algo así desde aquí, lo que no me extraña. Ya le dije que el señor Ruiz me impresionó desde el principio por su sencillez y su amor a la gente que le rodeaba. —Me mira fijo—. Hay pacientes que cuando sienten la cercanía de la muerte, se desesperan y no se comportan todo lo bien que deberían. Con el señor Ruiz pasó todo lo contrario. Fue un paciente agradecido y amable hasta el final. ¡Qué pena que…! —Frunce los labios y creo que va llegando la hora de terminar.

—¿Murió en paz? —pregunto conmovido por su relato.

—Murió en paz y sin amargura. —Se ajusta con el dedo índice los lentes—. Y dejó un legado muy positivo, que es, en definitiva, la razón más importante para vivir. ¿No le parece?

23

El adiós a un boricua especial

Estoy de visita, gracias a la apreciada invitación de su consejo de editores, en el moderno edificio sede de la propia editorial universitaria y el centro cultural y de radiodifusión de la Universidad de Puerto Rico, la hermosa y emérita UPR. La construcción está ubicada en los terrenos del famoso y bien dotado Jardín Botánico, perteneciente al recinto universitario de Rio Piedras, en la periferia sur de San Juan, cerca de los dos caminos, el viejo, una autopista, y el nuevo, una carretera tradicional entre lomas, a la ciudad de Caguas.

Nos encontramos de pie, todos, alrededor de la larga mesa de trabajo llena de libros, papeles, carpetas, discos compactos, viejos vinilos, fotografías, creyones, bolígrafos, tabletas cerradas y abiertas, además, claro está, de una buena cantidad de vasos plásticos con café de máquina a medio tomar y botellines de agua mineral. Un desorden ordenado, como dice jocosamente uno de ellos, propio de gente muy laboriosa y altamente creativa.

Mi anfitrión se acerca a la mesa con un rollo de cartulina perfectamente enrollado y sostenido por un anillo de goma. Observo con detenimiento e interés la colorida lámina que desenrolla y despliega sobre la superficie de madera barnizada y me muestra con el entusiasmo del que está orgulloso de lo suyo.

—Mira. —Comienza a mostrarme—, esto es la reproducción de una pintura de época que, aunque te parezca algo que no viene al caso, nos va a ayudar a comprender mejor, lo que tú vienes a investigar. —Trato de ubicarme en la época histórica que representa el cuadro y captar plenamente el tema de la magnífica reproducción.

—Es una pintura muy buena, muy bien ejecutada —comento para no desentonar, ya que estoy entre especialistas y académicos—. La composición del cuadro —continúo—, está extraordinariamente bien estructurada, los personajes son heterogéneos y muy realistas. Los detalles de la casa, el ambiente, la atmósfera están muy bien logrados, pero… pero, no acabo de comprender debidamente, lo que quiere trasmitirme el artista.

Todos los asistentes a esa reunión informal, más de una decena de jóvenes universitarios y tres o cuatro profesores, de los que el de mayor edad, no pasa de los cincuenta, sonríen cortésmente ante mi desconocimiento de las viejas costumbres isleñas.

—Estás presenciando, amigo, una legítima ceremonia de *baquiní*, o baquiné, como le dicen en algunas zonas de la costa sur de Puerto Rico y en la Republica Dominicana. —Mi anfitrión me señala con el dedo índice, el centro casi justo del cuadro—. Observa, aquí, sobre una mesita, en este pequeño cajón todo forrado de bordadas y muy finas telas blancas, blancas como la nieve, yace el cadáver de un niño, probablemente un recién nacido o quizás un infante un poco mayor, pero seguramente con menos de cinco años de edad.

Me fijo, como no hacerlo, en que el centro geométrico del cuadro, completamente blanco, resalta como una especie de sol rodeado centrípetamente por el intenso colorido del resto de la composición pictórica.

—Un niño pequeño —me dice—, es para ellos, para todos los personajes presentes, familiares, vecinos y los amigos cercanos de la familia del fallecido, un espíritu, un ángel puro que no ha tenido aún tiempo de pecar sobre esta tierra a la que vino, porque Dios lo quiso y de la que se lo está llevando tan pronto —me dice todo esto con expresiva seriedad—. Por eso los presentes, la composición de personajes que ocupan completamente, como puedes ver, el resto de la obra pictórica, se comportan con demostrativas manifestaciones de alegría, hacen música, brindan con pittorro, y dan gracias a Dios, porque saben, o creen saber, que el niño, arropado por algún ser protector, un ángel de la guarda, quizás, irá derecho al Cielo a encontrarse con ese dios que se lo lleva de vuelta.

No tenía ni idea de que una ceremonia de esa naturaleza se practicara en las áreas rurales del Caribe.

—¿Quién pintó este cuadro de tan buena hechura? —pregunto verdaderamente interesado.

—El pintor, el gran artista debiera decir, para muchos, el mejor que ha dado Puerto Rico, fue Francisco Manuel Oller y Cestero. Nació en Bayamón en 1833 y murió en San Juan, la capital, en 1917. —Es evidente que mi amigo conoce el arte puertorriqueño en profundidad—. Hay cuadros de él en museos de todo el mundo, incluyendo El Louvre. Fue pintor oficial de Amadeo I de España y una escuela del Bronx lleva, hoy, su nombre. —Reconozco con pena mi desconocimiento sobre el arte pictórico del país—. La pintura original puedes verla, si te das un saltico, muy cerca de aquí, en nuestro museo antropológico y de arte puertorriqueño.

—Lo visitaré, no lo dudes.

—Este cuadro, sabes, ha sido muy debatido por los especialistas y conocedores del folclor de nuestra isla.

—¿Por qué? Me parece una pintura de mucha calidad.

—Pues... —Se rasca la barbilla—. Pues porque si lo observas detenidamente, verás que hay elementos decididamente críticos de esa ceremonia, del *baquiné*. Lo piensa un poco antes de continuar. El *baquiné* es una ceremonia pagana que fue traída de África al Caribe por los negros esclavos.

Una joven de pelo rizado y gafas de pasta oscura, a la última moda, se introduce en el diálogo y me dice con mucha seriedad:

—Tiene que ser muy duro, muy estresante, para los padres y familiares cercanos, me parece, celebrar con música y bebidas la muerte de un hijo, pero, en fin, así son las tradiciones populares.

—Lo cierto es —añade el gordito de rostro simpático y un poco malicioso—, que a Frankie Ruiz le hicieron un *baquiné* en Mayagüez, y eso, que yo sepa, nunca se había hecho antes con un adulto.

—¡Y menos con un adulto que había vivido su vida a toda marcha! —dice otro, desde atrás, que hace reír por lo bajo a los presentes.

—No había oído hablar antes de ese detalle en las ceremonias fúnebres de Frankie. —Aprovecho para introducir, de una vez, el tema que me ha llevado hasta allí—. Precisamente quería conversar con ustedes sobre ese largo velorio de más de una semana de duración con el cuerpo de Frankie Ruiz presente. Espero que estén al tanto —pienso, pero no lo digo, de los eventos funerarios del cantante, teniendo en cuenta lo jóvenes y modernos que son todos los que me han recibido en este lugar con tanta simpatía y amabilidad.

—Pues aquí estamos para complacerte y ayudarte en tu búsqueda —responde mi amigo, el que me ha invitado a visitar a estos muchachos y conocer su centro de estudios, creación artística y editorial—, cuéntenle, que el velatorio de Frankie Ruiz fue un evento histórico, por lo menos para el oeste de la isla, si es que no para todo el país y hasta para algunas zonas de New Jersey y Nueva York.

—Las exequias comenzaron en Paterson, la ciudad donde Frankie había nacido cuarenta años antes. —Comienza a contarme uno de los profesores, un hombre bastante joven y con evidente facilidad de palabra, el clásico maestro—. La ceremonia inicial de velación fue solo para sus familiares y sus íntimos amigos, lo que no impidió que colocaran una gran banda de tela enlutada en su antigua vivienda de Groove Street, cerca del río. Eso duró una noche y el pueblo respetó el dolor de los deudos y se mantuvo más o menos apartado. Pero entonces, al día siguiente, cumpliendo una de las peticiones finales del propio Frankie, lo trasladaron a la Funeraria Ortiz, una empresa fúnebre famosa en el Bronx. La idea era hacer una exposición pública del cadáver por dos días, pero la afluencia constante de pueblo obligó a alargar el velatorio a tres días con sus noches.

—Frankie había estado haciendo los preparativos de su propio velorio, sin darle publicidad al asunto, desde el mismo momento en que supo que su enfermedad podía ser mortal —explica otro—. Eso lo sabe, incluso hoy, muy poca gente.

—Sí, lo leí en una entrevista que le hicieron hace tiempo a Carrie Sánchez, una señora que había sido agente de reservas de Frankie, y tuvo que ver con todos esos preparativos —comenta alguien.

—Muy interesante, no pensé que Frankie hubiera sido tan puntilloso con sus cosas. —Y de verdad me asombra ese hecho—. El ataúd en que lo expusieron fue hecho expresamente para Frankie, y era dorado, ¿no?

—Mire —me dice uno de los muchachos, que seguramente o no había nacido o era muy niño cuando aquello, pero que luego me explica que sus padres estuvieron presentes en las exequias del cantante—, dicen, yo no estoy seguro, que el ataúd era de oro. Probablemente tenía algunas partes de oro —explica una chica enfundada en una sudadera azul con las letras UPR en amarillo grabadas en la

parte posterior—, pero no creo que fuera completamente construido de oro. ¡Eso hubiera sido casi imposible! —Me parece razonable lo que nos señala.

—Lo cierto es que las emisoras de radio latinas, tanto las de Nueva York como las de aquí, no paraban de poner las canciones de Frankie. —Retoma la palabra mi anfitrión—. Y la gente no paraba de desfilar todo el tiempo, hora tras hora, de día y de noche, frente al catafalco cubierto por la bandera de Puerto Rico. ¡Fue algo apoteósico!

—Y no fueron solo boricuas —agrega otro que está un poco más lejos de mí, a mi derecha—, había miles de personas de comunidades latinas de todos los países del Caribe, de Centroamérica y de México rindiéndole honores a Frankie, y americanos también. No olviden que él había triunfado en Perú, Panamá, Colombia, República Dominicana, las Islas Canarias y en otros lugares. Ya habíamos tenido el sepelio masivo de Ismael Rivera, nuestro Sonero Mayor, también el de Héctor Lavoe allá en Nueva York, pero ¡Que yo sepa, no se vivió algo parecido como la despedida de Frankie!

Mi anfitrión aclara: —El papá de Frankie, que había vuelto a reencontrarse con él durante su enfermedad, describió todo aquello con estas palabras que dicen mucho: «Yo sabía que mi hijo era famoso, yo sabía que la gente lo quería mucho, pero nunca pensé que fuera tanto; mi hijo era mucho más grande de lo que yo pensé que era».

—Sin lugar a dudas, todo aquello que estaba sucediendo con el pueblo, con semejante cantidad de *fans*, tiene que haber sido impactante para sus familiares y sus amigos más cercanos —digo, y pregunto entonces—. ¿No hubo problemas, peleas, cosas así, con la organización de un evento tan multitudinario?

—Ninguno, no hubo ni una sola alteración del orden —me aclara otro—, la gente desfilaba respetando las barricadas que habían puesto los empleados de la funeraria y algunos policías del Bronx que colaboraron. Los miles de asistentes observaban el féretro, presentaban sus respetos, dejaban las flores, regalos que le traían a Frankie, muchísimos, por cierto, en los lugares dispuestos para esos menesteres. Y así durante tres días con sus noches. ¡Y todo terminó con música, con la banda tocando y Viti Ruiz, el hermano de él, aguantándose las ganas de llorar y cantando los temas más conocidos y más solicitados de Frankie! ¿Qué le parece?

—Después de esos tres días en el Bronx, fue que lo trajeron para acá, ¿no?

Tres o cuatro se adelantan a responder. Al fin una profesora, una joven sonriente, que puede pasar perfectamente por una estudiante avanzada, toma la palabra:

—Todo comenzó de nuevo, como si hubiera sido el primer día de velatorio. El cortejo fúnebre salió del Bronx y se desplazó, cruzando el río Hudson, hasta el aeropuerto de Newark. Aquí tomaron un avión, el ataúd fue colocado en el depósito de equipajes y los asientos de la aeronave se llenaron con sus familiares y amigos, volando hasta el aeropuerto Luis Muñoz Marín de San Juan. —Varios hacen comentarios y se refieren a recuerdos y cosas oídas sobre aquellos eventos—. Y entonces, ya en San Juan, el largo cortejo comenzó a moverse poco a poco por la autopista hasta Mayagüez. Parecía la despedida de un jefe de estado ¿no es cierto?

—¿Tengo entendido que en Mayagüez se paralizaron todas las actividades en el pueblo para recibir la caravana que transportaba el cuerpo de Frankie? —respondo con una pregunta.

—Así mismo —me explica mi anfitrión—, todo eso lo presencié yo en persona. Primero fue el desfile de la carroza fúnebre por las calles principales de Mayagüez con cientos de automóviles detrás, o miles, no creo que nadie los haya contado. Y la gente en las aceras, en silencio y ondeando banderas puertorriqueñas —comenta alguien—. Luego arribaron a la funeraria Martínez, una de las más tradicionales del pueblo, y fue en este lugar, comenzando en la noche, donde se hizo el *baquiné* de Frankie.

—Con Frankie pasaba algo muy curioso —explica la profesora que había hablado antes—, la gente, a pesar de que Frankie Ruiz era un hombre adulto y tenía muchos problemas de alcoholismo y drogas, siempre lo veían como a un muchacho. Es más, como a un muchacho sano. Es algo de difícil explicación, quizás tenía que ver con que él no dejaba que su vicio afectara su trabajo ni directamente a su familia. Mire, le voy a leer, es breve, la transcripción de lo que dijo su hijo, el hijo de Frankie, en una entrevista que le hicieron hace un tiempo. Toma un papel impreso de la computadora y nos lee:

Me iba a buscar a la escuela y se ponía a vacilar conmigo cantando rap, *que era la música que a mí me gustaba. Me ayudaba mucho con las matemáticas, me enseñó a jugar béisbol y le encan-*

taba cocinarnos. La gente no sabe que era un gran cocinero. Yo nunca vi a mi papá mal, ni tirado en el piso. En la casa siempre estuvo bien.

Quizás, no sé, eso ayude un poco a entender ese fenómeno tan poco frecuente de que la gente percibía a Frankie Ruiz como a una especie de adolescente.

—También su carácter y su amable manera de expresarse con la gente, y por qué no, su bondad para con todo el mundo ayudaban a esa forma de percibirlo —dice mi anfitrión—. Frankie era, creo no equivocarme, esencialmente una buena persona con un carácter demasiado blando, me parece. Incluso, y esto es importante en el análisis, Frankie, aunque ganó mucho dinero, y botó, debo decirlo, mucho dinero, no era, para nada, un tipo interesado.

Estoy de acuerdo. —lo pienso.

—En ese *baquiné* mayagüezano, según me cuentan mis padres, participaron figuras muy importantes, muy relevantes de la música boricua. —Retoma el tema la muchacha de la sudadera azul que ya he mencionado—. Estuvieron los pleneros más conocidos del área oeste, las orquestas La Solución y la de Tommy Olivencia, con las que Frankie comenzó su despegue, Tito Rojas, Ismael Miranda, Roberto Roena y muchos más de cantantes y grupos musicales. Creo que fue algo inolvidable ese *baquiné*, o esa fiesta o como se le llame.

—¿Pero la cosa no terminó ahí, según me han relatado antes?

—¡Eso fue nada más que el principio de las ceremonias! —explica otro de los presentes—. Al día siguiente, y con las banderas a media asta, la procesión fúnebre partió hacia la alcaldía de la ciudad, donde Frankie fue proclamado hijo predilecto de la ciudad, edicto que leyó el alcalde de Mayagüez en persona. Después, al otro día, visitaron, con el cuerpo de Frankie presente, algunos lugares importantes en la vida de él, como las casas de su abuela y de otros familiares y amigos, pasearon por las calles del barrio donde había vivido varios años. ¡Y todo eso con música, que en realidad no dejó de sonar todo el tiempo, y con el pueblo detrás! ¡Algo único!...

¿Y luego vino el regreso? —agrego ahora, rompiendo un silencio breve.

—Exactamente. El cortejo tomó el camino de regreso a San Juan y de aquí nuevamente a New Jersey. Frankie Ruiz había pagado su

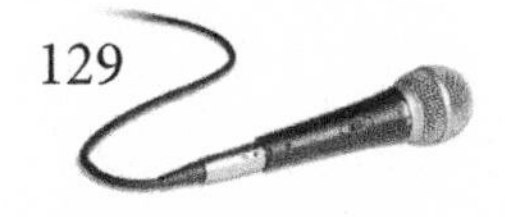

deuda con el pueblo puertorriqueño, que fue, en definitiva, el que lo elevó, muy merecidamente, a la fama internacional. —Destaca mi anfitrión—. De Newark, donde aterrizaron, fueron directamente a la funeraria Minchin, en Paterson, donde el cadáver de Frankie, acompañado por todos sus familiares, sus amigos y centenares de seguidores, fue bendecido por el ritual católico. Una vez que todo el pueblo de Paterson se despidió de su ídolo, una despedida que no decayó en ningún momento, se organizó la marcha, con una gran bandera puertorriqueña sobre el ataúd, hacia el cementerio Fair Lawn Memorial Cemetery. Esa necrópolis está situada en las afueras de su pueblo natal y muy cerca de la Autopista # 208, donde fue enterrado en una tumba bastante modesta, que todavía visita mucha gente hoy y que siempre está arreglada con bellas flores que llevan su esposa e hijos donde cada año se reúnen en la fecha exacta a recordarlo.

—Yo he estado allí —dice la muchacha de la sudadera—. La tumba es muy sencilla y solo tiene una lápida de mármol negro con una foto de Frankie sonriendo, como siempre, y grabadas las fechas de su nacimiento y muerte. ¡Y flores frescas, muchas flores frescas!

—Es una historia increíble —comento.

—Los boricuas somos así —me contesta el gordito de rostro simpático—. Escuche la canción «Los entierros» del maestro Tite Curet, y lo comprenderá mejor.

—¡Pero el entierro de Frankie Ruiz fue algo excepcional! —No puedo evitar replicar.

—Sí, sí, es verdad, fue algo excepcional —dicen a coro varios de ellos, como si lo hubieran ensayado—. Y me acompañan entonces, que la vida continúa, a visitar la biblioteca, la redacción de la revista universitaria y algunos sitios particularmente interesantes del jardín botánico.

Un buen final para este recorrido por la vida y la obra de un nuyorican, o mejor, un boricua especial.

DISCOGRAFÍA

1971

Orquesta La Nueva

Sencillo de 45 RPM

CHARLIE LOPEZ

LA ORQUESTA NUEVA
CANTA: FRANKIE RUIZ

Lado A: *Salsa buena* (Frankie Ruíz)

Lado B: *Borinquen* (DRA)

Músicos:

Charlie López: Líder, piano y coros
Joe Manny: Bajo
Félix *Clyde* **García:** Congas
Arcadio *Cholo* **Mantilla:** Bongo
Víctor Ocasio: Timbal
Nelson Pérez: Trompeta
Billy Bosch: Trompeta
Rubén Bosch: Trombón
Nelson Moreno: Trombón
Frankie Ruiz: Vocal, coro y maracas

1979

Orquesta La Solución

Roberto Rivera y La Solución

(Performance-143)

1. **De sentimiento me muero** (Manuel Viera)
2. **Una mañana** (DRA)
3. **Del campo soy** (Henry Arana)
4. **Soledad** (Víctor Rodríguez)
5. **Salsa buena** (Frankie Ruiz)
6. **La fiesta no es para feos** (Walfrido Guevara)
7. **Lindo amanecer** (Henry Arana)
8. **Entonces** (Víctor Rodríguez)

Músicos:

Roberto Rivera: Bajo, director
Jaime *Megui* **Rivera:** Vocal, Conga
José A. Ruiz *Frankie*: Vocal
Luis Seda: Trombón
Irving González: Trombón
George González: Trombón
Iván *Oreja* **Irizarry:** Trombón
José Bartolomé: Bongó
Tato Rico: Vocal

Músicos invitados:

Mario Román
Charlie Palmieri
José Lantigua
Jimmy Silva

Coros:

Yayo El Indio
Justo Betancourt
Jesús *Bolita* **Gómez**
Marianela Romeu

1980

Orquesta La Solución

Roberto Rivera y La Solución

(TH-Rodven-342)

1. **Separemos nuestras** vidas (Jossie León)
2. **La cabra y la soga** (Pepe Avilés)
3. **La rueda** (Víctor M. Matos)
4. **Quisiera** (Titi Amadeo)
5. **Que es el amor** (Víctor Rodríguez)
6. **La vecina** (Zulma Angélica)
7. **Bartolo** (Zulma Angélica)
8. **Chiquito corazoncito** (Jossie León)

Músicos:

Roberto Rivera: Bajo y director

Edgar Vélez: Piano

Carlos *Charlie* Del Toro: Timbal

Jaime *Megui* Rivera: Conga & Vocal

José Bartolomé: Bongó

Nelson Del Toro: Trombón

George Rivera: Trombón

Edgar *Pingui* Morales: Trombón

José *Frankie* Ruiz: Vocal & Percusión

Coros:

Santitos Colon

Mario Cora

Jaime *Megui* Rivera

Músicos invitados:

Oscar Pastrana: Trombón

Cuto Soto: Trombón

Papiro & Willie: Tambores Batá en «La rueda»

Producción Musical:

Ray Santos & Máximo Torres

1981

Tommy Olivencia & Su Orquesta

Un triángulo de triunfo

(TH Rodven - 2171)

1. **Luna lunera** (Jorge Ayala)
2. **Misteriosa mujer** (DRA)
3. **Fantasía de un carpintero** (Johnny Ortiz)
4. **Los golpes enseñan** (Laura Sánchez)
5. **Primero fui yo** (Raúl Marrero)
6. **La suplicante** (Laura Sánchez)
7. **Cosas nativas** (Rolando Gorrin)
8. **Mujeres como tú** (Jorge Ayala)

Músicos:

Ray Cohen: Piano
Johnny Torres: Bajo
Willy Machado: Timbales
David Rosario: Conga
Pedrito Hernández: Bongó
Ito Segarra: Trombón
Carlos Fontánez: Trombón
Miguel Rodríguez: Trompeta
Héctor *Tito* **Rodríguez:** Trompeta
Elliot Rodríguez: Trompeta
Juancito Torres: Trompeta
Frankie Ruiz: Vocal
Carlos Alexis : Vocal

Coros:

Elliot Peguero
Mario Cora
Carlos Alexis
Cheo Quiñones

1981

Primer Concierto de la familia

(TH - AM 2154)

1. **Josefina** (Laura Sánchez) - **Andy Montañez**
2. **Aléjate** (Alejandro Jorrín) - **Conjunto Canayón**
3. **La mentira** (Perín Vásquez) - **Paquito Guzmán**
4. **Viajera** (DRA) - **Orquesta de Tommy Olivencia**
5. **Ese hombre** (Amaury Pérez) - **Danny Rivera**
6. **Estaca de guayacán** (J. F.Torres) - **Marvin Santiago**
7. **Una canita al aire** (Jorge Ayala) - **Orquesta La Solución**
8. **Quiero problemas** (J. Bermudez - C. Fuentes) -**Oscar D' León**
9. **Te voy a liberar** (Zulma Angélica) - **Orquesta de Willie Rosario**
10. **Se muere por mi la niña** - (Manuel Alejandro)-**Willy Chirino**

1983

Tommy Olivencia & su orquesta

(TH - AMF 2222)

1. **Como una estrella** (Joaquín Bedoya)
2. **No que no** (Jorge Ayala)
3. **Engañada** (DRA)
4. **Te vi** (Héctor Parrilla)
5. **Como lo hacen** (Raúl Marrero)
6. **Qué me dices** (Eligio Farray)
7. **Amargo recuerdo** (Jorge Ayala)
8. **Anita tun tun** (Sergio Rivero)

Músicos:

Tommy Olivencia: Director & Trompeta

Ángel *Pajai* Torres: Piano

Johnny Torres: Bajo

Willy Machado: Timbal

Pedro Hernández: Bongó

Antonio *Pipo* García: Conga

Miguel Rodríguez: Trompeta

Mario Ortiz Jr: Trompeta

Héctor *Tito* Rodríguez: Trompeta

Juan Torres Vélez: Trompeta

Raffy Torres: Trombón

Antonio Vásquez: Trombón

Coros: Héctor Pérez: Trombón

Mario Cora: Trombón

Carlos Alexis: Trombón

Frankie Ruiz: Vocal

Carlos Alexis: Vocal

1984

Tommy Olivencia & Su Orquesta

Celebrando otro aniversario

(TH Rodven- AMF 2296)

1. **Lo dudo** (Manuel Alejandro)
2. **Pancuco** (Johnny Vega)
3. **Aha-Uhum** (R. Díaz)
4. **Te estoy estudiando** (Raúl Marrero)
5. **Aléjate de mí** (Gloria González)
6. **Miriam** (Calixto Ochoa)
7. **Patsy** (DRA)
8. **Juana la jicotea** (Jorge Ayala)

Músicos:

Tommy Olivencia: Director Musical

Ángel *Pajai* **Torres:** Piano

Efraín Hernández: Bajo

Willy Machado: Timbal

Antonio *Pipo* **García:** Conga

Celso Clemente Jr: Bongó

Héctor *Pichie* **Pérez:** Percusión

Héctor *Tito* **Rodríguez:** Trompeta

Juan Torres Vélez: Trompeta

Elliot Rodríguez: Trompeta

Luis Vélez: Trompeta

Antonio Vásquez: Trombón

Jesús R. Torres: Trombón

Frankie Ruiz: Vocal

Héctor Tricoche: Vocal

Coros:

Carlos Alexis

Mario Cora

Héctor Tricoche

1983

Segundo concierto de la familia

(TH - AM 2244)

1. **Que se mueran de envidia** (Mario de Jesús) - **Tommy Olivencia**
2. **El escultor** (Rafael Negrón) - **Freddy Kenton**
3. **Mirada bella** (Perín Vásquez) - **Andy Montañez**
4. **Amor trágico** (Alfonso Villalón) - **Oscar D' León**
5. **Recordar** (José Nogueras) - **Willy Chirino**
6. **Glosas campesinas** (Johnny Ortíz) - **Orquesta La Solución**
7. **Mujer querida** (DRA) - **Willie Rosario**
8. **La guiñaita** (Raphy Leavitt) - **Raphy Leavitt & La Selecta**
9. **Los afortunados** (Richard Rodríguez) - **Rubby Haddock**
10. **Himno al amanecer** (Rafi Escudero) - **Danny Rivera**
11. **Aguas negras** (Julio *Gunda* Merced) - **Salsa Fever Orchestra**
12. **Dichoso** (Catalino Curet Alonso) - **Marvin Santiago**

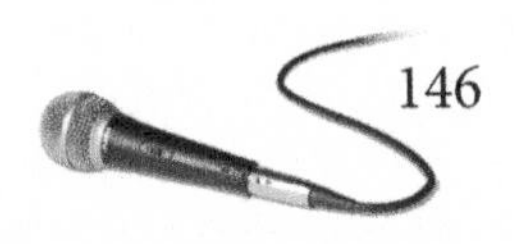

1985

Frankie Ruiz

Solista, pero no solo

(TH - Rodven - AMF 2368)

1. **Ahora me toca a mi** (Hansel & Raúl)
2. **Esta cobardía** (FM Moncada / Paco Cepero)
3. **Como le gusta a usted** (Peter Velásquez)
4. **Tú con él** (Eduardo Franco)
5. **La cura** (Catalino Curet Alonso)
6. **El camionero** (Roberto Carlos)
7. **Si esa mujer me dice que sí** (Hansel & Raúl)
8. **Amor de un momento** (Gloria González)

Músicos:

Cesar Concepción: Piano

Mariano Morales: Piano

Rubén López: Bajo

Carlos Rondón: Bajo

Gole Fernández: Timbal

Jimmy Morales: Conga

Babby Serrano: Bongó & Güiro

Héctor Pérez: Percusión Menor & Coros

Angie Machado: Trompeta

Tommy Villariny: Trompeta

Héctor Rodríguez: Trompeta

Jesús R. Torres: Trombón

Carlos *Cuto* Soto: Trombón

Antonio Vázquez: Trombón

Coros:

Tito Gómez,

Mario Cora

Jesús R. Torres

Carlos *Cuto* Soto.

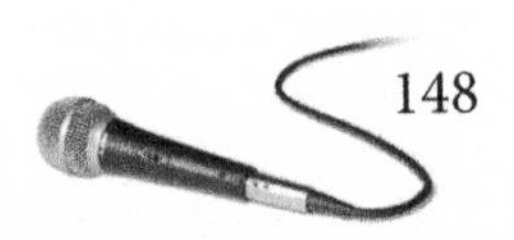

1987

Frankie Ruiz

Voy pa' encima

(TH - Rodven - AM 2453)

1. **Quiero llenarte** (Pedro Favini/ Mono Flores/ Marcelo Molina)
2. **Si no te hubieras ido** (Gloria González)
3. **Desnúdate mujer** (V. Polignano)
4. **Mujeres** (Marcelo Molina / Aquiles Roggero)
5. **No me hables mal de ella** (Gloria González)
6. **Imposible amor** (Pedro Arroyo)
7. **Quiero verte** (Pedro Arroyo)
8. **Voy pa' encima** (Peter Velásquez)

Músicos:

Cesar Concepción: Piano

Ángel Torres ***Pajay*****:** Piano

Efraín Hernández: Bajo

Santiago ***Chago*** **Martínez:** Timbal

Jimmy Morales: Conga

Babby Serrano: Bongó

Héctor Pérez: Güiro & Maracas

Angie Machado: Trompeta

Tommy Villariny: Trompeta

Mario Ortiz Jr.: Trompeta

Jesús R. Torres: Trombón

Carlos ***Cuto*** **Soto:** Trombón

Antonio Vázquez: Trombón

Coros:

Mario Cora

Héctor Pérez

Eddie Santiago

1988

Frankie Ruiz

En vivo y a todo color

(TH - Rodven - AM 2531)

1. **Me acostumbre** (Gloria González)
2. **Mujer** (V. Polignano)
3. **Solo por ti** (Gloria González)
4. **Dile a él** (Antonio de Jesús)
5. **La rueda vuelve a rodar** (Catalino Curet Alonso)
6. **Si te entregas a mí** (Anthony Martínez)
7. **Por eso** (Irasema)
8. **Y no puedo** (Anthony Martínez)

Músicos:

Willie Sotelo: Piano

Roberto Pérez: Bajo

Richard Ríos: Timbal

Jorge Padilla: Conga

Carlos Santiago: Conga

Héctor *Pichie* **Pérez:** Percusión Menor

Reinaldo Torres: Trompeta

Tommy Villariny: Trompeta

Mario Ortiz Jr.: Trompeta

Jorge Díaz: Trombón

Carlos *Cuto* **Soto:** Trombón

Jesús *Raffi* **Torres:** Trombón

Coros:

Ernesto Vásquez

Héctor *Pichie* **Pérez**

Nino Segarra

1989

Frankie Ruiz

Más grande que nunca

(TH - Rodven - AM 2664)

1. **Para darte fuego** (Cheín García Alonso)
2. **Tu eres** (Cheín García Alonso)
3. **Me dejo** (V. Polignano)
4. **Entre el fuego y la pared** (Pedro Azael)
5. **Amantes de otro tiempo** (Pedro Azael)
6. **En época de celo** (Cheín García)

8. **Señora** (Pedro Azael)

Músicos:

José *Lenny* **Prieto:** Piano

Pedro Pérez: Bajo

Santiago *Chago* **Martínez:** Timbal & Batá

Jimmie Morales: Conga

Celso Clemente Jr: Bongó

Héctor *Pichie* **Pérez:** Maracas & Güiro

Angie Machado: Trompeta

Tommy Villariny: Trompeta

Mario Ortiz Jr.: Trompeta

Antonio *Toñito* **Vázquez:** Trombón

Jesús *Raffi* **Torres:** Trombón

Héctor *Luty* **Maldonado:** Trombón

Coros:

Héctor *Pichie* **Pérez**

Nino Segarra

Eddie Santiago

1992

Frankie Ruiz

Mi libertad

(TH - Rodven - AM 2946)

1. **Mi libertad:** (Pedro Azael / Laly Carrizo)
2. **Esta vez sí voy pa' encima** (Peter Velásquez)
3. **No supiste esperar** (Gloria González)
4. **Otra vez** (Carlos De la Cima /Vinny Urrutia)
5. **Voy a estrenar** (Ricardo Vizuete)
6. **Bailando** (Cheín García Alonso)
7. **Ella tiene que saber** (Juan Cintrón)
8. **Quién es tu amigo?** (Rafael Álvarez Rodríguez)

Músicos:

Luis Quevedo: Piano

Pedro Pérez: Bajo

Jimmie Morales: Conga

Johnny Rivero: Tambores Batá

José Hidalgo: Tambores Batá

Santiago *Chago* **Martinez:** Timbales

Celso Clemente Jr.: Bongó

Héctor Pérez: Percusión menor

Máximo Torres: Cuatro

Eddie Feijoo: Trompeta

Luis Aquino: Trompeta

Vicente Castillo: Trompeta

Antonio Vásquez: Trombón

Carlos Soto: Trombón

Daniel Fuentes: Trombón

Coros:

Darvel García

Domingo Quiñones

Héctor Pérez

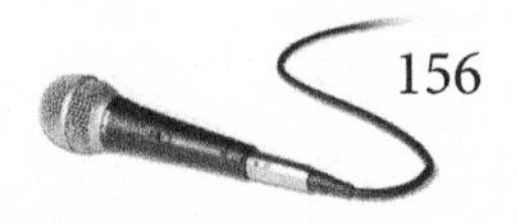

1993

Frankie Ruiz

Puerto Rico, soy tuyo

(Rodven Disco - 61- 1303)

1. **Tú me vuelves loco** (Cheín García Alonso)
2. **Puerto Rico** (Armando Napoleón)
3. **Nunca te quedas** (Palmer Hernández)
4. **Tal como lo soñé** (Peter Velásquez)
5. **Me faltas** (Gustavo Márquez)
6. **Perdón señora** (Gloria González)
7. **Háblame** (Chein García Alonso)
8. **Nos sorprendió el amanecer** (Rafael Rodríguez Álvarez)

Músicos:

Luis Quevedo: Piano

José *Lenny* Prieto: Piano

Pedro Pérez: Bajo

Santiago *Chago* Martínez: Timbal

Jimmie Morales: Conga

Celso Clemente Jr: Bongó

Luis Q. Aquino: Trompeta

Ángel *Angie* Machado: Trompeta

Vicente *Cusy* Castillo: Trompeta

Juan Torres: Trompeta

Jorge Díaz: Trombón

Jaime Morales Mátos: Trombón

Gamalier González: Trombón

Antonio *Toñito* Vázquez: Trombón

Rafael *Rafy* Torres: Trombón

Carlos *Cuto* Soto: Trombón

Héctor *Pichie* Pérez: Maracas

Coros:

Dárvel García,

Domingo Quiñones,

Héctor *Pichie* Pérez

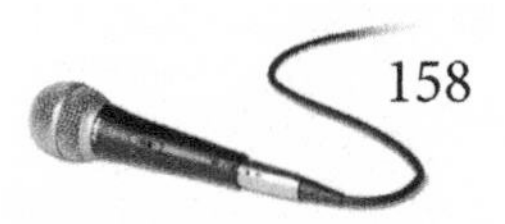

1994

Frankie Ruiz

Mirándote

(TH - Rodven - THD 3154)

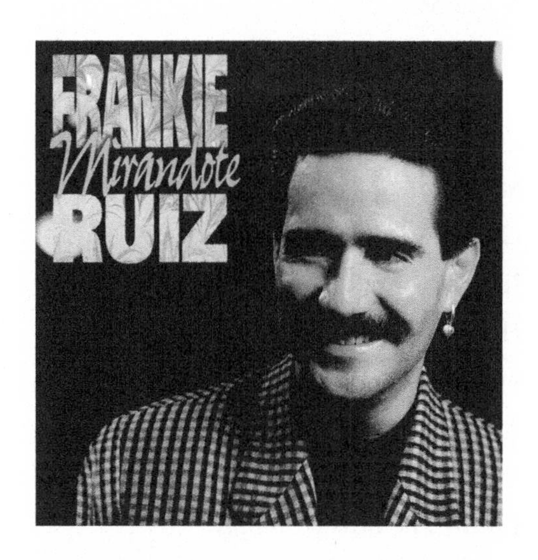

1. **Más allá de la piel** (Ricardo Vizuete)
2. **No dudes de mí** (Gustavo Márquez)
3. **Tenerte** (Mario Patiño)
4. **La que me quita y no me da** (Pedro Azael)
5. **Mirándote** (Cheín García Alonso)
6. **Obsesión** (Corinne Oviledo)
7. **Por haberte amado tanto** (Luis Ángel)
8. **Mi fórmula de amor** (Ricardo Vizuete)

Músicos:

Luis Quevedo: Piano

Pedro Pérez: Bajo

Santiago *Chago* Martínez: Timbal

Celso Clemente Jr: Bongó

Jimmie Morales: Conga

Héctor *Pichie* Pérez: Maracas

Luis Aquino: Trompeta

Ángel *Angie* Machado: Trompeta

Vicente *Cusy* Castillo: Trompeta

Danny Fuentes: Trombón

Antonio Vázquez: Trombón

Jorge Díaz: Trombón

Raffi Torres: Trombón

Coros:

Dárvel García

Domingo Quiñones

Héctor *Pichie* Pérez

1996

Frankie Ruiz

Tranquilo

(TH - Rodven - P2-27648)

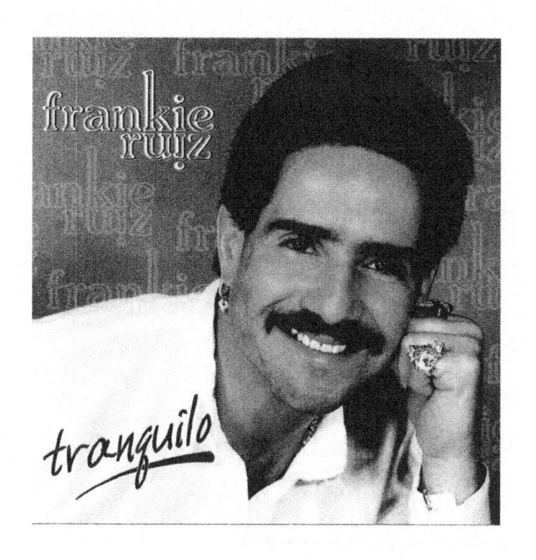

1. **Tranquilo** (Peter Velásquez)
2. **Complícame** (Cheín García Alonso)
3. **Ironía** (Juan Carlos Núñez)
4. **Sigue siendo mía** (Ricardo Vizuete)
5. **Cada uno por su lado** (Gloria González)
6. **Más allá del tiempo** (Cheín García Alonso)
7. **Seguir intentándolo** (Omar Alfanno)
8. **Déjame quererte** (Pedro Azael)
9. **Infidelidad** (Juan Carlos Núñez)

Músicos:

Luis Quevedo: Piano

Martin Santiago: Bajo

Santiago *Chago* Martínez: Timabales

Jimmie Morales: Conga

Celso Clemente: Bongó

Héctor *Pichie* Pérez: Percusión Menor

Luis Aquino: Trompeta

Tommy Villariny: Trompeta

Vicente *Cusy* Castillo: Trompeta

Charlie Sepúlveda: Trompeta

Raffi Torres: Trombón

Toñito Vázquez: Trombón

Jorge Díaz: Trombón

Danny Fuentes: Trombón

Coros:

Dárvel García

Domingo Quiñones

Héctor *Pichie* Pérez

BIBLIOGRAFÍA

Bolaños G, Miguel. «Frankie Ruiz, entre la salsa, alcohol y drogas». *El Nuevo Diario.* 13 marzo, 2004.

Cuevas, Hipólito R. «Salseros de Luto por Muerte de Frankie Ruiz». *El Reportero* (agosto 1998).

Dawson, Jimmy. Entrevista. Por Robert Téllez. 03 mayo de 2018.

Domínguez, Gary. «Tommy Olivencia». *El Cuaderno Latino de la Salsa.* Ediciones Salsa Latina. Primera Edición (2005). pp. 549-551.

Frankie Ruiz. Prod. Carlos Vigoreaux. Z-93. Día Nacional de la salsa 2012. Puerto Rico.

«Frankie Ruiz y un legado que vive 15 años después de su muerte». *Agencia EFE.* 8 agosto, 2013.

«Frankie Ruiz. Se cumplen 16 años de la muerte de El Tártaro de la Salsa. *Diario Dominicano.* 9 agosto, 2014.

«Frankie Ruíz: crónica a 30 años de cantar por última vez en el Perú». *TROME.* 18 enero, 2017.

Frankie Ruíz: «Imposible Amor» Radio Panamericana. 14 marzo, 2017.

Guadalupe Pérez, Hiram. «Melódica voz con arraigo popular». *Historia de la Salsa.* Editorial Primera Hora (2005). pp. 143-147.

LaPointe, David. "Gran Homenaje a Frankie Ruiz en Hartford". I*dentidad Latina. Hispanic News Paper.* Connecticut (30 nov-2006).

«La salsa erótica de Frankie Ruiz sigue viva». *Diario Libre.* 09 agosto, 2013.

Quintero Jota, Fernando. «Frankie Ruiz vuelve a nacer». *El Tiempo.* 20 agosto, 1998.

Ruiz, Frankie. Entrevista. Programa *Fuera de Serie.* Puerto Rico. 24 de mayo 1992.

Ruiz, Frankie. Entrevista. Festival de La Salsa de New York. Telemetro Canal 13. 1993.

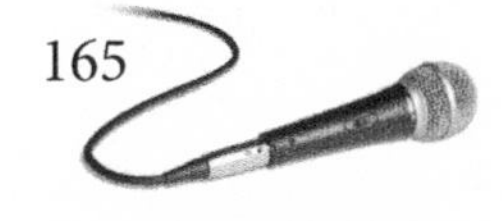

Ruiz, Frankie. Entrevista. Milano Bandiera Azzurra. Italia. 1995.

Ruiz, Frankie. Por Leonel Peña. *Zig Zag.* Miami. 1993.

Ruiz Jr., Frankie. «No voy a imitar a mi papá». *Primera Hora.* 16 marzo, 2012.

Ruiz Jr., Frankie. Entrevista. Por Robert Téllez. 15 marzo 2015. San Juan, Puerto Rico.

Ruiz Jr., Frankie. «Cuando canto siento a mi papá dentro de mí». *El Heraldo.* 3 diciembre, 2015.

Ruiz Jr., Frankie. «Me hace mucha falta mi papá todavía». *Primera Hora.* 9 agosto, 2017.

Ruiz Jr., Frankie. Entrevista. Por Robert Téllez. 3 marzo 2018.

Mi libertad. Dir. Koky Málaga. Penal Sarita Colonia. Lima, Perú. 9 de noviembre 2017.

«Tenerife rinde homenaje a Frankie Ruiz con un concierto en el recinto ferial». *El Dia.* 2003-09-23.

Torres Torres, Jaime. Biografía. «Frankie Ruiz, La Leyenda». Universal Music Latino (314 547 038- 2) (1999). Revisión de Texto: Oscar Elías Petit.

Vergara, Willy. Entrevista por Robert Téllez. Bogotá 14 de abril de 2018.

Wikipedia. https://es.wikipedia.org/wiki/Frankie_Ruiz.

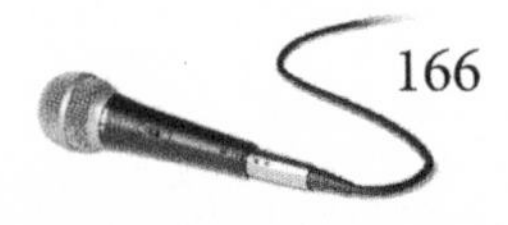

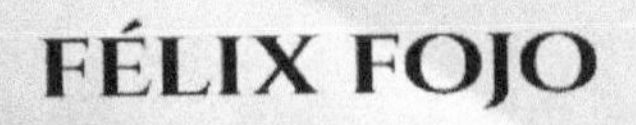

FÉLIX FOJO

MUERTES OSCURAS

UNA MIRADA CURIOSA
A LA HISTORIA CLINICA DE
FAMOSOS

UNOS & OTROS
EDICIONES

ACERCA DEL AUTOR

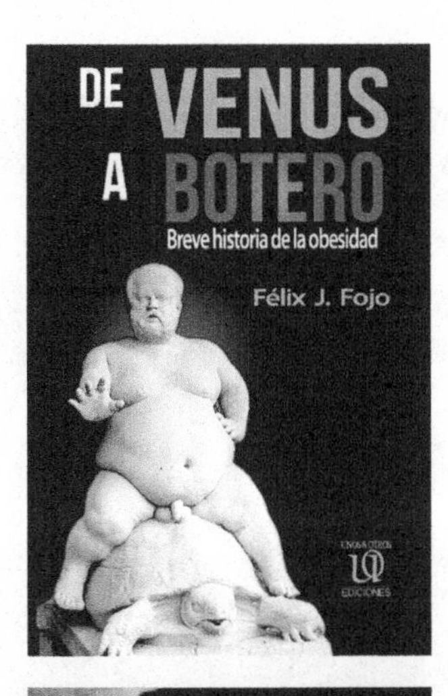

Félix J. Fojo

www.felixfojo.com

La Habana, Cuba

Reside

Puerto Rico

Es médico, divulgador científico y un apasionado de la historia. Exprofesor de la Cátedra de Cirugía de la Universidad de La Habana. Es editor de la revista *Galenus.*

Entre sus libros publicados: *Caos, leyes raras y otras historias de la Ciencia; De Venus a Botero; De médicos, poetas, locos.. y otros; No preguntes por ellos; Las reglas del juego; Muertes oscuras*

RAY BARRETTO
FUERZA GIGANTE

ROBERT TÉLLEZ MORENO

ACERCA DEL AUTOR

Robert Téllez

www.robertellez.com

Bogotá, Colombia

Periodista musical. Locutor y productor de medios audiovisuales.
Miembro del (CPB) Círculo de Periodistas de Bogotá. Se ha desempeñado como programador de distintas estaciones radiales musicales de su país desde 1998. Fundador y director general de Revista *Sonfonía*. Investigador incansable de la música afroantillana. Autor del libro: *Ray Barretto, Fuerza Gigante*. Desde 2012 dirige y conduce el programa *Conversando La Salsa* en la Radio Nacional de Colombia.

www.unosotrosculturalproject.com
infoeditorialunosotros@gmail.com

Made in the USA
Monee, IL
30 October 2020